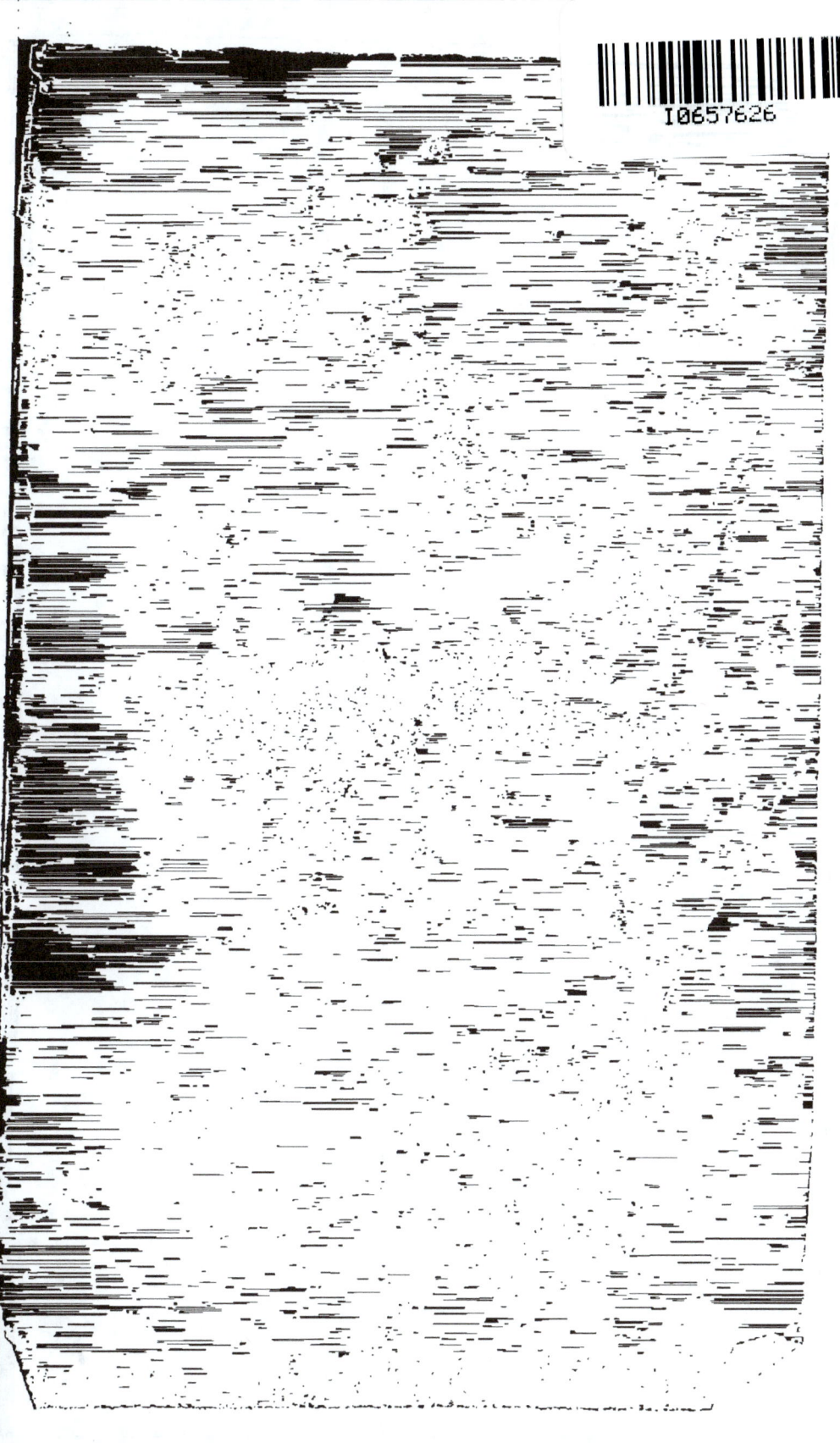

DICTIONAIRE

DES

CIENCES MÉDICALES.

~~~~~~~~~~~

TOME VINGT-QUATRIÈME.

Agen, H. Noubel.
Aix, Lebouteux.
Aix-la-Chapelle, Schwar-
   zenberg.
Alexandrie, Capriaulo.
Amiens, { Allo.
   Caron-Ber-
    quier.
   Darras.
   Wallois.
Amsterdam, { Dufour.
   Van Clef
    frères.
Angers, Fourrier-Mame.
Anvers, Ancelle.
Arras, { Leclercq.
   Topineau.
Auch, Delcros.
Autun, De Jussieu.
Avignon, Laty.
Baïonne, { Bonzom.
   Gosse.
Bayeux, Groult.
Besançon, { Deis.
   Girard.
Blois, Jahier.
Bois-le-Duc, Tavernier.
Bordeaux, { Baume.
   Lafite.
   Melon.
   Mery de Ber-
    gerey.
Boulogne, Isnardy, bibliot.
Bourges, Gille.
Brest, { Belloy – Kardo-
    vick.
   Lefournier et De-
    périez.
Bruges, Bogaert-Dumor-
   tiers.
Bruxelles, { Berthot.
   Demat.
   Gambier.
   Lecharlier.
   Stapleaux.
   Weissenbruch
Caen, { Mme. Hél. Blin.
   Manoury.
Calais, Bellegarde.
Chât.-sur-Marne, Briquet.
Châlons-sur-Saône, De-
   jussieu.
Charleville, Raucourt.
Chaumont, Meyer.
Clermont, Landriot et
   Viviau.
Colmar, { Neukirc
   Panneti
Compiègne, Esquyer.
Courtray, Gambar.

Coutances, Raisin.
Crépy, Rouget.
   Coquet.
Dijon, { Noella.
   Madame Yon.
Dinant, Huart.
Dole (Jura), Joly.
Epernay, Fievet-Varin.
Falaise, Dufour.
Florence, { Molini
   Piatti.
Fontenay (Vend.) Gaudin.
Gand, { Degoesin-Ver-
    haeghe.
   Dujardin.
Genève, { Dunand.
   J.J.Paschoud
Grenoble, Falcon.
Groningue, Vanbokeren.
Hambourg, Besser et
   Perthes.
Hesdin, Tullier-Alfeston.
Langres, Defay.
La Rochelle, { V. Cappon.
   Mlle. Pavie.
Londres, { Dulau.
   Bossange et
    Masson.
   Berthoud.
Leipsick, Grieshammer.
Lons-le-Saulnier, Gau-
   thier frères.
Laval, Grandpré.
Lausanne, Knab.
Le Mans, Toutain.
Liège, { Desoer.
   Ve. Collardin.
Lille, { Leleux.
   Wanackere.
Limoux, Melix.
Lyon, { Et. Cabin et C.
   Maire.
   Roger.
Madrid, { Denné fils.
   Rodriguez.
Maëstrecht, Nypels.
Manheim, Fontaine.
Mantes, Reffay.
Marseille, { Camoin frères
   Chaix.
   Masvert.
   Mossy.
Meaux, Dubois-Berthault.
Mayence, Auguste Leroux.
Metz, Devilly.
Milan, Giegier.
Mons, Leroux.
Mont-de-Marsan, Cayret.
Montpelier, { Delmas.
   Sevalle.

Moscou, Risse e...
Moulins, { Desros...
   Place e...
Nancy, Vincenot.
Nantes, { Forest.
   Sicard.
Naples, Borel.
Neufchâteau, Huss...
Neufchâtel, Mathon
Nîmes, { Melquion.
   Triquet.
Niort, mad. Elie Or...
Noyon, Amoudry.
Périgueux, Dupont.
Perpignan, { Alzin
   Ay.
Pise, Molini.
Poitiers, Catineau.
Provins, Lebeau.
Quimper, Derrien.
Reims, { Brigot.
   Le Doyen
   Topino.
Rennes, { Cousin-D
   Duchesne
   Mlle. Vau
Rochefort, Faye.
Rouen, { Frère aîné.
   Renault.
   Dumaine-V
Saintes, Delys.
S.-Etienne, Colombe
Saint-Malo, Rottier.
S. Mihel, Dardare-Ma
S.-Quentin, Moureau
Saumur, Degouy.
Soissons, Fromentia
Strasbourg, { Levrau
   Treut
   W...
Toulon, { Barallic
   Curet.
Toulouse, Senac.
Tournay, Donat Ca
   man.
Tours, Mame.
Troyes, Sainton.
Turin, Pic.
Valenciennes, Giard
Valognes, { Bondesse
   Clamorge
Varsovie, Glucksbu
   Compagnie.
Venise, Fuchs.
Verdun, { Benit jeune
   Herbelet.
   Villet.
Versailles, Ange.
Wesel, Bagel.
Ypres, Gambart-Dojar

NOUVEAUX
CONTES MORAUX.

DE L'IMPRIMERIE DE D'HAUTEL,

RUE DE LA HARPE, n°. 80.

NOUVEAUX
CONTES MORAUX,

Par MISTRISS OPIE,

traduits de l'anglais

PAR

M. AUBERT DE VITRY.

Beaucoup de personnes s'imaginent que les autres
prennent autant de plaisir qu'eux-mêmes à ce qui les
intéresse et les amuse. Aussi l'auditoire les laisse-t-il
souvent au milieu de leurs interminables histoires.

-SHAKESPEAR

AVEC UNE FIGURE.

TOME CINQUIÈME.

A PARIS,

CHEZ CHARLES BERTRAND, Libraire,
rue Hautefeuille, n°. 23.

1818.

NOUVEAUX
CONTES MORAUX.

~~~~~~~~~~~~~~~~~~~~~~~~~~~~~~~~~~~~~

HENRI WOODVILLE.

────────

Il n'existait pas une famille plus heureuse que celle de M. Woodville, il n'en existait pas une dont le bonheur semblât devoir être plus durable. Il était l'un des premiers marchands d'une ville très-commerçante; son fils était commis chez un négociant de Londres, dont il était sûr de devenir l'associé, lorsque son âge le lui permettrait; car ce négociant n'avait pas d'enfans, et l'on présumait même qu'Henri Woodville serait son héritier. La fille aînée de M. Woodville, Elisabeth Woodville était à la veille de faire un mariage avantageux sous tous

V. 1

les rapports, et ses succès dans le monde
prouvaient le triomphe de la beauté,
des talens et des vertus, sur l'orgueil et
les préjugés; car son amant était riche,
tenait à l'une des familles les plus distinguées de l'endroit, et son père lui
avait d'abord défendu de jamais songer
à élever au rang de son épouse une
femme qui n'avait ni rang ni fortune. Mais le hasard voulut que
M. Harcourt rencontrât Elisabeth en
société sans la connaître, et il fut si
charmé de sa personne, de ses manières
et de ses qualités que, dès qu'il sut que
c'était l'épouse que son fils désirait, il
rétracta sa défense, donna même son
entière approbation à ce mariage; et
promit à son fils de l'unir à l'objet de
toutes ses affections, dès qu'il aurait
atteint l'âge de vingt-cinq ans.

Henri Woodville attendait alors avec
bien de l'impatience le moment d'avoir
un intérêt dans la maison de commerce
où il travaillait; car depuis quelques
mois il était amoureux; quoique non
seulement celle qu'il adorait ne le soup-

çonnât pas, mais que même elle n'eût
jamais levé les yeux sur lui.

Sa mère était venue trois ou quatre
fois avec elle chez M. Courtnay, (c'était
le nom du négociant chez qui travaillait
Henri) pour lui parler d'une affaire rela-
tive à la vente d'une grande quantité de
vins que lui avait laissée son défunt époux;
mais la fille était trop modeste pour oser
regarder personne ; Woodville n'était
pas si timide ; il avait regardé, il avait
aimé. Quoique la fortune de la mère de
son amante ne lui permît pas de déclarer ses prétentions, tant qu'il n'était que
simple commis, il savait que lorsqu'il
serait à la tête des affaires, il pourrait
sans présomption aspirer à la main de
la fille.

Henri avait fait tous ces calculs en lui-
même, et le résultat fut qu'il devait en-
tretenir sa passion plutôt que de chercher à l'éteindre. Ayant découvert la
promenade que la mère et la fille fré-
quentaient habituellement, il ne manquait jamais d'aller le dimanche soir

dans le parc de saint James où, dans sa plus grande tenue, avec son couteau de chasse au côté, ornement de rigueur dans le siècle où se passèrent les événemens que je vais raconter, il espérait attirer les regards d'Anna Vincent, et lui faire lire dans les siens les desirs de son cœur. Mais ses efforts furent inutiles; et une fois qu'il s'offrait une occasion de lui rendre un léger service, peut-être même d'attirer un de ses regards, la timidité de l'amour véritable l'empêcha d'en profiter; son compagnon moins craintif ramassa le gant qu'elle avait laissé tomber, et reçut ces remercîmens et ce sourire qui pour lui auraient été sans prix.

Il se consola, cependant, par la pensée, que lorsqu'il serait l'associé de M. Courtnay, il pourrait prier son généreux bienfaiteur de le présenter à ces dames, et et qu'alors peut-être Anna le regarderait.

Mais un événement cruel et inattendu, vint renverser ses espérances, et détruire en même-temps le bonheur de sa famille.

Dès circonstances qu'il n'était possible ni d'empêcher ni de prévoir, causèrent la ruine de M. Woodville. Cependant telle était l'opinion générale qu'on avait de sa probité, que tous ses amis se portèrent aussitôt cautions pour lui, et lui fournirent les moyens de continuer son commerce. Mais quoique les créanciers eussent consenti sans peine à ne recevoir que les trois quarts de leur créance, M. Woodville savait qu'il n'aurait pas un instant de repos qu'il n'eût payé la totalité, même avec les intérêts, et comme ses affaires allaient bien, et qu'il vivait de la manière la plus frugale, afin d'effectuer plutôt les remboursemens, il avait l'espoir d'atteindre avec le temps le but de sa louable ambition. Pendant ce temps, il eut aussi la satisfaction d'apprendre que ses malheurs inattendus et si peu mérités n'avaient produit aucun effet fâcheux sur l'esprit de M. Harcourt, et que cet excellent homme avait dit :

« C'est un malheur qui n'a rien de dés-
honorant, et qui n'a servi qu'à prouver
la haute estime qu'on a pour M. Woodville, et à faire briller en lui de nouvelles
vertus. »

M. Woodville aurait pu avoir encore
un autre sujet de joie; mais on le lui
cachait pour des raisons particulières.
M. Courtnay avait alors associé secrètement Henri à son commerce; et celui-ci
forma aussitôt la généreuse résolution
d'abréger la durée des privations que
s'imposait son père, en réservant tout
ce qu'il pourrait épargner sur les profits
qu'il ferait chaque année, afin de facili-
ter le payement des dettes de M. Woodville. Jusqu'à ce qu'il eût atteint ce but,
il se promit de ne pas même songer à
se marier, quoiqu'il ne pût s'empêcher
d'aimer cette jeune personne qui loin
de le payer de retour, ne l'avait pas
même encore vu; il apprit alors que la
mère d'Anna, ayant éprouvé quelque
réduction dans sa fortune, était partie
de Londres avec sa fille, pour aller ha-

biter une ville où la vie fût moins chère;
le lieu de sa résidence, n'était pas encor
connu de M. Courtnay.

Les choses restèrent dans cet état
pendant trois ans; et au bout de cette
époque, Henri envoya le montant de
ses épargnes à son père qui d'abord
refusa de les recevoir ; mais voyant
qu'elles liquideraient toutes ses dettes à
l'exception d'une centaine de livres ster-
lings, M. Woodville résolut de récompenser la piété filiale de Henri en les
acceptant, aimant mieux être le débiteur
de son fils que de tout autre; et par le
retour du courrier, il écrivit une lettre
si touchante à Henri, qu'elle le paya
bien du sacrifice qu'il avait fait. L'amant
d'Elisabeth s'empressa de faire connaître à son père cette belle action du frère
de celle qu'il devait bientôt nommer son
épouse, et M. Harcourt avoua qu'il serait
fier de s'allier à une famille aussi vertueuse.

« A présent, pensa Henri, je vais
commencer à travailler pour moi-même.

Nous aurons bientôt épargné, mon père et moi les cent livres que nous devons encore, et alors je pourrai penser au mariage. Quoique mistriss Vincent ait quitté Londres, je n'ai pas de doute que M. Courtnay ne puisse aisément découvrir le lieu de sa résidence. »

C'était alors l'époque des courses de chevaux à Reading, dans le Berskshire, jusqu'à cet instant, Henri s'était rarement absenté un seul jour, il s'était fait un principe d'éviter toute dépense superflue. Cependant, n'ayant encore jamais vu de courses, il résolut d'aller à celles de Reading. Il se promettait aussi beaucoup de plaisir au bal qui se donne toujours à cette occasion, d'autant plus qu'il ne lui semblait pas impossible que le hasard y conduisît son amante; cet espoir bien incertain le décida, et avec l'approbation de son associé, il partit pour les courses.

Il n'est point de plaisir aussi vif, ni en même-temps aussi pur que celui que nous avons acheté par de longs sacrifices,

et que nous nous sommes long-temps
refusé par devoir. Lorsque Henri Woodville prit la route de Reading, il éprouvait une joie, un enthousiasme qu'il ne
connaissait pas encore. A peine parti,
il eût voulu déjà être arrivé. Déjà sa
vive imagination lui peignait tout ce
qu'il allait voir sous les couleurs les plus
riantes : la route superbe qu'il suivait
ajoutait encore à l'exaltation de ses
esprits, et lorsqu'il découvrit la jolie ville
de Reading, il eut peine à contenir ses
transports.

En y arrivant, il apprit que les courses
ne devaient commencer que le lendemain ; et ayant demandé quelle était
la promenade la plus fréquentée, il s'y
rendit aussitôt dans l'espoir, quelque peu
probable qu'il fût, d'y rencontrer la dame
de ses affections. Voyait-il une taille élégante, une démarche tout à la fois noble
et gracieuse, son imagination le persua-
dait aussitôt que c'était elle ; son cœur
battait violemment ; ivre d'amour et de
joie, il s'approchait en tremblant : hélas !

ce n'était pas elle. Il chercha de tous les côtés et toujours inutilement. Cependant il finit par prendre son parti. La soirée était belle ; la promenade agréable, les femmes jolies, et il s'amusa. Demain, se disait-il, je serai peut-être plus heureux !

Le lendemain arriva, et Henri se rendit au lieu des courses. Il jeta dans toutes les voitures un regard scrutateur, mais elle n'y était pas. Il passa en revue les modestes piétons, sans l'appercevoir davantage. Partout il fut trompé dans son attente.... Dans son attente? quelle raison avait-il eue pour espérer de l'y rencontrer? n'avait-il pas fallu la tête d'un amant pour s'exalter à ce point, et changer en certitude ce qui n'était tout au plus qu'une possibilité? ces réflexions étaient justes. Henri le sentit, et il ne put s'empêcher de rire lui-même de sa folie. Il fit mieux ; lorsque les courses commencèrent, il l'oublia.

Le coup d'œil était superbe, et le spectacle attrayant pour Henri par sa nouveauté. Il eut bientôt aussi son cheval favori. Tantôt il s'intéressait pour *le bleu*, tantôt pour *le pourpre*. Il finit même par prendre part aux paris. De nouveaux sentimens s'éveillèrent dans son ame; la crainte, l'espoir, l'agitaient tour-à-tour; et tout entier à l'intérêt qui tenait ses yeux continuellement attachés sur les chevaux qui parcouraient la carrière, il oubliait qu'épuisés à la fin de la course, ces malheureux animaux périssaient souvent victimes de l'avarice ou de l'orgueil de leur maître.

La fin des courses ne put mettre un terme à cette espèce de plaisir machinal qu'il y avait goûté; elles conservèrent toujours le même attrait à ses yeux; lorsqu'il retourna dîner à son auberge, tout ce qu'il se rappela, c'est qu'il s'était amusé; et il se promit autant de plaisir aux courses du lendemain.

Les convives qui dînaient avec lui, lui étaient inconnus; c'étaient de bonnes gens qui, comme lui, n'avaient risqué que de petites sommes. On parla beaucoup des courses, et le dîner se passa d'une manière assez agréable. Le soir, Henri courut au bal, toujours dans l'espoir, malgré tous ses beaux raisonnemens, d'y rencontrer son amante. Il ne la vit pas; mais ce bal, le premier où il eût été, n'en eut guères moins de charmes à ses yeux, et il attendit le lendemain avec impatience.

Le lendemain arriva, et ne commença pas d'une manière aussi heureuse pour Henri; car il rencontra à l'auberge et aux courses, un jeune homme qui avait été commis avec lui chez M. Courtnay, et qui s'était attendu à devenir l'associé de celui-ci. Mais telle était sa dissipation et sa négligence habituelle pour ses devoirs, que lorsque son père alla demander à M. Courtnay de l'associer à son commerce aux conditions qu'il trouverait convenables, celui-ci refusa positivement d'entrer en société avec un jeune homme incapable de s'adonner à un travail suivi, par conséquent de veiller aux affaires de son commerce, et qui, loin de lui être d'aucun secours, ne pourrait que nuire à ses intérêts.

Jamais le père ni le fils n'oublièrent ce juste châtiment des vices du dernier; et lorsque Henri Woodville, sans autre recommandation que son excellente conduite, fut admis dans cette société d'où David Bradford avait été exclu, celui-ci devint ainsi que son père l'ennemi déclaré du jeune homme plus heureux et plus digne de l'être, qui remplissait la place que son concurrent avait ambitionnée. Bradford semblait toujours épier avec tant de malice l'occasion de chercher querelle à Henri, que par déférence pour les avis de M. Courtnay, et par suite de ses propres principes, Henri se faisait une règle d'éviter autant qu'il le pouvait la compagnie et la présence de son ancien rival.

Lorsqu'il vit donc que Bradford l'avait aperçu, qu'il cherchait à entrer en conversation avec lui, et qu'il lui proposait des paris, remarquant en même temps l'animosité qui régnait dans ses

2*

regards, quoiqu'il s'efforçât de prendre
un ton de douceur, Henri résolut sagement de s'éloigner; et craignant, s'il
différait, de n'être plus maître de lui,
il quitta non seulement le lieu des courses, mais la ville même, et montant à
cheval, il se rendit à Abingdon où les
assises devaient commencer dans un
jour ou deux.

Henri, quoique seul, était sûr de ne
jamais connaître l'ennui; car il était pas-
sionné pour la lecture, et il aimait aussi beaucoup à converser avec ses pensées,
goût ordinaire de tous les esprits d'une
trempe vigoureuse et d'une instruction
solide. Aussi, quoiqu'il n'eût pu trouver
de compagnon pour l'accompagner dans
ce petit voyage, avait-il résolu de ne pas
y renoncer pour cela. Seul, au milieu
de la foule qui se pressait dans les rues,
ou dans la chambre qu'il occupait dans
la principale auberge de la ville d'Abingdon, il n'en était pas moins joyeux et satisfait; et il charma la longueur des deux
soirées qui devaient s'écouler avant l'ou-

verture des assises, en se livrant au plaisir de la lecture, et en écrivant à sa famille et à M. Courtnay.

Enfin les juges entrèrent dans la ville avec un degré de pompe et de solemnité, digne de l'office important et pénible, qu'ils avaient à remplir; et, pendant que les cloches et le son des trompettes annonçaient leur approche et leur arrivée, Henri ne pouvait s'empêcher de penser, avec une triste amertume, aux malheureux pour qui ces sons, au lieu de faire naître des idées de réjouissances et d'amusement, éveillaient les angoisses de la terreur, les tourmens de l'incertitude, et la crainte du jugement et de la mort.

« Je n'aurai point le courage, dit Henri en lui-même, de prendre part aux amusemens publics de cette semaine; mais je suivrai avec le plus vif intérêt les séances des cours de justice. » Et tel fut en effet l'intérêt qu'il éprouva, que le premier jour des assises, il était encore dans la salle, lorsque les juges s'ajournèrent, et que l'après dînée il revint à l'heure fixée pour la reprise des débats, et ne sortit pas qu'ils ne fussent terminés.

Mais une surprise bien pénible l'attendait à son retour dans l'auberge. L'aubergiste vint à sa rencontre, et lui dit que comme sa maison était entièrement pleine, il avait pris la liberté de mettre un voyageur qui venait d'arriver, dans la petite chambre qui était après la sienne; et dont on ne se servait jamais que dans les grands momens de foule, parce qu'il fallait passer par la première chambre pour y arriver.

Henri n'aimait pas, ne pouvait pas aimer un semblable arrangement; voir sa chambre servir de passage pour aller à celle d'un inconnu, d'un étranger! mais comme il savait que l'autre auberge était pleine, ayant déjà cherché vainement à s'y loger, force lui fut de prendre son parti, et de se soumettre à ce qu'il ne pouvait plus empêcher.

« Cet arrangement me contrarie, reprit-il : ce monsieur est-il dans la salle commune ? »

— « Oh ! non, monsieur : il est couché à présent ; il était très-fatigué, et je vous assure qu'il a fait honneur à ma cave. Aussi lui a-t-il été impossible d'attendre votre retour : il en était très-fâché, m'a-t-il dit ; car il vous connaît fort bien. »

« Il me connaît ! reprit Henri en tressaillant.

« Oui, monsieur, et il ajouta que vous n'auriez aucune répugnance à coucher près de lui, que ce ne serait pas la première fois, et que vous aviez été commis ensemble chez un négociant de Londres. »

Si Henri avait été contrarié dans le premier moment, il le fut bien davantage, lorsqu'il eut entendu les excuses de l'aubergiste. Voilà donc l'homme, que, par le plus noble des motifs, il désirait éviter, le voilà donc partageant en quelque sorte sa chambre ! il aurait donné tout au monde pour quitter sur le champ l'auberge ; mais il n'osait le faire dans la crainte d'offenser Bradford , et de hâter ainsi le malheur qu'il cherchait de son mieux à conjurer.

« Allons, se dit-il , il faut nous soumettre à la nécessité , quelque dure qu'elle soit. Ayons toujours devant les yeux les principes que j'ai pris pour règle de ma conduite , et quoiqu'il puisse arriver, faisons du moins en sorte que ma conscience n'ait aucun reproche à me faire. »

Il se rendit alors dans sa chambre dont le silence était rompu par les ronflemens sourds et prolongés de Bradford , qu'il entendait aisément à travers la mince cloison par laquelle les deux chambres étaient séparées , et d'autant mieux que la porte qui conduisait à celle de Bradford ne fermait pas très-bien.

Cependant Henri finit par s'assoupir, et dormit jusqu'à six heures. Alors il se leva, s'habilla promptement , et il avait déjà déjeûné et était au palais ; avant que Bradford se fût éveillé.

Henri se félicita de sa diligence, et de la conduite qu'il avait tenue; mais elle n'était point de nature à plaire à Bradford qui ne pouvait douter qu'il n'eût agi de la sorte, pour éviter la nécessité de déjeûner et de passer le reste de la journée avec lui. Le plaisir que goûtait Henri à entendre plaider, aurait été entièrement détruit, s'il avait pu savoir quel profond ressentiment son départ précipité de l'auberge avait fait naître dans l'âme vindicative de son ancien camarade.

Lorsque la séance fut levée, Henri retourna souper à l'auberge, et joignit les convives déjà réunis à la table commune. Ils étaient en petit nombre, la plupart de ceux qu'il avait vus la veille étant allés au bal. Mais il s'en trouvait un nouveau, et c'était celui qu'il aurait desiré le plus ne pas rencontrer.

«Monsieur, dit Bradford, lorsque Henri fut assis, il me semble que vous auriez pu me faire l'honneur de me dire que vous veniez aux assises; c'était une politesse que j'étais en droit d'attendre de votre part, et nous aurions fait route ensemble. Mais sans doute l'associé du riche M. Courtnay, et son héritier présumé, est à présent trop fier pour reconnaître ses anciens amis? »

« Je serais fâché, reprit Henri avec douceur, de manquer à personne, et je suis aussi surpris que contrarié d'apprendre que vous ayez regardé comme une offense un oubli que je voudrais pouvoir réparer. Faites-moi donc, je vous prie, en signe de pardon, la faveur de boire un verre de vin avec moi. » (1)

Bradford eut d'abord de la répugnance à se rendre; mais voyant que les personnes qui étaient présentes, semblaient étonnées qu'il hésitât à accepter l'offre de Henri, il remplit son verre, et la concorde parut rétablie pour le moment.

---

(1) Cette invitation paraîtra singulière aux lecteurs français. Mais cette sorte d'invitation est un usage d'Angleterre, et il n'y a pas de dîner où elle n'ait lieu. C'est une impolitesse que de la refuser. (*Note du traducteur.*)

La journée avait été fort chaude, et Henri était resté enfermé jusqu'au soir dans la salle d'audience, qui était remplie de monde. La soif excessive qui le dévorait ainsi que l'exemple de ses compagnons, le portèrent à boire plus qu'il n'avait coutume de le faire, et se livrant avec confiance au négus (1) qu'on lui servait, il ne s'aperçut qu'à la fin, qu'il avait bu plus de vin que sa tête ne pouvait en supporter.

Bradford à qui une longue suite de déréglemens, avait fait perdre tout sentiment de sobriété et de tempérance, et qui s'était fait une habitude de l'ivresse, commença à élever la voix, et à trancher sur tout, paraissant de plus en plus disposé à chercher querelle à Henri, qui malgré sa douceur, se sentant la tête plus échauffée qu'à l'ordinaire, avait toutes les peines du monde à ne pas relever les allusions

_____

(1) Le Négus est une boisson chaude, composée de vin, d'eau, de jus de citron et de sucre. (*Note du traducteur.*)

grossières de Bradford. Celui-ci mau-
dissait « ces enfans hypocrites qui,
par leurs beaux dehors de sagesse et de
vertu, s'emparaient de l'esprit d'hommes faibles et sans énergie, et privaient
de leurs droits et du fruit de leur travail d'honnêtes garçons, sans malice
comme sans défiance. »

Les convives ne pouvaient compren-
dre ces allusions; mais Henri ne les entendait que trop bien, et il avait formé
la sage résolution de quitter la salle le
plutôt possible, lorsque Bradford appela l'attention générale sur un sac plein
de pièces d'or et d'argent qu'il avait ga-
gnées en paris aux courses de chevaux
et qu'il vida sur la table. Dans le nombre, il avait mis quelques pièces de mon-
naies étrangères assez curieuses. Mais
comme les garçons se préparaient à ôter
la nappe, il fut obligé de replacer tout son
trésor dans le sac, avant que Henri eût
suffisamment examiné une médaille qui
avait principalement attiré son attention.

En conséquence lorsque la nappe fut emportée, et pendant que les garçons plaçaient les bouteilles de vin sur la table, il pria Bradford de lui prêter le sac un moment. Celui-ci le lui donna, et lui dit en même temps : « Ayez soin de me le rendre tel que je vous le donne ; car je sais le compte de l'argent et des médailles, et je verrai bien s'il en manque. »

Henri ne s'abaissa pas à relever cette grossière insinuation, qu'il ne pouvait d'ailleurs regarder que comme une simple plaisanterie ; et ayant trouvé la médaille qu'il désirait, il l'examina, la remit dans le sac, et le rendit à Bradford.

Celui-ci n'eut rien de plus pressé que de le vider aussitôt sur la table, et après avoir compté et recompté l'argent et les médailles d'un air de défiance et de soupçon, il déclara qu'il lui manquait une pièce de cinq guinées ; et il dit à Henri de la rendre à l'instant, ou bien qu'il allait le faire fouiller à l'heure même.

« Vous ne pouvez penser ce que vous dites ! s'écria Henri, en pâlissant de co-

lère; il est impossible que vous me croyiez
réellement capable d'une pareille action.
Si vous présumez que c'est une plaisanterie que j'ai voulu vous faire, vous vous
trompez encore, et vous devez savoir
que vous êtes le dernier homme avec qui
je voudrais plaisanter. »

« Point d'excuses, monsieur, point
de belles phrases, reprit Bradford. Je
ne vois pas pourquoi je ne dois pas
croire que vous ayez pris l'argent. Le
fils d'un père sans conduite, le frère
d'une fille entretenue, peut bien être
un fripon ; et tout le monde sait que
votre père a manqué dernièrement, et
que votre sœur est la maîtresse du jeune
Harcourt. »

C'était plus que tout le sang-froid
de Henri ne pouvait endurer. « Misérable, s'écria-t-il, vous n'êtes qu'un lâche
et qu'un imposteur ! » et en disant ces
mots il se précipita sur Bradford qui sur
le-champ tira son épée. Henri en fit autant ; et le sang aurait infailliblement cou-
lé, si les spectateurs ne les eussent aus-

sitôt séparés; les garçons ayant appelé le maître de l'auberge qui supplia qu'une scène semblable ne se passât point dans sa maison, la paix fut momentanément rétablie. Mais comme Henri persistait à demander que Bradford lui fît des excuses, et rétractât ce qu'il avait eu l'impudence de dire sur le compte de sa sœur innocente, tandis que celui-ci réitérait au contraire ses calomnies, et jurait qu'il dirait à tout le monde que Henri l'avait volé, les spectateurs de la dispute, furent obligés de convenir que, suivant les règles de l'honneur dans le sens du monde, un duel était inévitable; d'autant plus que le profond ressentiment que Henri témoignait alors contre Bradford était non-seulement excusable, mais que l'injure était du nombre de celles qui, n'étant pas expiées par des excuses publiques, ne peuvent se laver que dans le sang du coupable.

Il fut donc convenu qu'ils se retrouveraient le lendemain; mais l'heure du rendez-vous ne put être fixée, car quoi-

que l'un des spectateurs de cette scène
eût consenti à servir de second à Henri,
tous les autres, sous différens prétextes,
avaient refusé de rendre le même service à Bradford ; et celui-ci vit qu'il serait obligé d'aller chercher à quelques
milles de là , un de ses compagnons de
débauche qui était toujours prêt à s'en-
tremettre dans ces sortes d'affaires.

Bradford continua à se livrer avec si
peu de ménagement aux excès de la table , qu'il fut bientôt transporté dans
son lit, ivre mort. La répugnance
que Henri éprouvait à coucher en quelque sorte dans la même chambre que
lui, dans la crainte qu'il ne renouvelât
la querelle , n'avait donc plus de motif,
puisqu'il était sûr que Bradford dormirait
encore long-temps après que son adversaire serait levé.

Dès que les garçons eurent déshabillé
et couché Bradford qui ne donnait pas
le moindre signe de sentiment , Henri
se retira dans sa chambre , après s'être
laissé engager par ses compagnons de ta-

ble à boire encore quelques verres de vin avec eux.

Par suite de la chaleur, de la fatigue et de l'agitation qu'il avait éprouvée, ainsi que de la quantité de vin et d'eau qu'il avait bue contre son usage, à peine Henri avait il posé la tête sur son oreiller, qu'il tomba dans le plus profond sommeil, et la prière qu'il ne manquait jamais d'adresser en se couchant à son créateur, expira sur ses lèvres, à peine commencée. Hélas, combien ce sommeil profond ne lui devint-il pas funeste!

L'un des garçons de l'auberge, nommé Everett, était un homme qui autrefois avait fait partie d'une bande de voleurs ; mais, bourrelé de remords pendant une violente maladie, il s'en était détaché, et après avoir essayé différentes occupations, il avait eu le bonheur d'obtenir une place de garçon d'auberge. Peut-être, une fois rentré dans le bon chemin, eût-il fini par abjurer tous ses vices, s'il ne s'était associé avec une femme sans mœurs comme sans prin-

cipes qu'il épousa , et qui sous prétexte
qu'elle était malade et qu'elle avait besoin de ses secours , l'avait décidé à
quitter sa place pour venir la rejoindre,
et s'unir à une troupe de maraudeurs
de sa connaissance, qui étaient à la veille
de se mettre en mer , et avec lesquels
elle voulait s'embarquer , dans la certitude que ce voyage contribuerait à réta-
blir sa santé.

Everett avait donc averti son maître
qu'il allait le quitter , et il devait partir
le lendemain pour la place où sa femme
l'attendait. Mais sachant bien qu'il en
serait beaucoup mieux reçu s'il lui rap-
portait de l'argent , et que d'ailleurs il
pourrait se réfugier aussitôt à bord du
navire , il résolut de s'approprier l'or
que , Bradford avait étalé la veille avec
tant d'ostentation. Il crut pouvoir le faire
avec d'autant plus de sécurité que Bradford ayant déjà accusé Henri de l'a-
voir volé , les soupçons tomberaient
infailliblement sur ce dernier ; et d'ailleurs il pourrait si , comme il l'espérait,

Henri dormait profondément, glisser dans la poche de son habit quelques-unes des médailles et des pièces d'argent. Il entra donc dans la chambre, tout était tranquille, et l'on eut dit que Henri était plongé dans le sommeil de la mort. Sur la table de Henri était une petite épingle de diamant qui lui était doublement précieuse; elle venait de sa mère. Everett résolut de se l'approprier, et pour le moment il l'attacha sur sa chemise. Il s'approcha alors du lit de Bradford; mais voyant qu'il dormait moins profondément qu'il ne s'y attendait, et que sa tête posait sur les poches de son habit, il ne trouva pas d'autre moyen de s'assurer la possession de sa bourse, qu'en accumulant crime sur crime, et en facilitant le vol par un assassinat. Il retourna donc auprès du lit de Henri, tira son épée du fourreau, et en alla percer le malheureux Bradford. Mais la blessure n'était pas mortelle, et Bradford s'éveillant aussitôt eut encore la force de lutter contre l'assassin qui dé-

v.   3

geant son bras, lui porta un second coup, et consomma son crime. Alors Everett revint dans la chambre de Henri, et replaça l'épée ensanglantée dans son fourreau.

Dans le moment, où Everett retournait auprès de sa victime pour prendre l'argent, Henri s'agita dans son lit et proféra en dormant des mots entrecoupés, ce qui alarma Everett à un tel point qu'il n'osa pas rester un instant de plus et s'enfuit précipitamment dans sa chambre, où s'étant lavé et ayant brûlé tous ses vêtemens qui étaient ensanglantés, il résolut d'attendre que Henri se fût rendormi. Mais lorsqu'il voulut rentrer une seconde fois, il fut alarmé d'entendre Henri s'écrier « Qui est là? » et il s'empressa de se retirer, sans pouvoir retrouver l'occasion de venir prendre la bourse, car il entendit bientôt Henri marcher dans sa chambre, et il reconnut, au bruit qu'il faisait, qu'il était en train de s'habiller.

Ainsi donc il s'était chargé la conscience du poids d'un crime horrible, sans même en retirer le fruit. Il n'osait pas non plus quitter la maison dans de semblables circonstances, de peur d'attirer les soupçons sur lui ; et cachant sous un front tranquille les angoisses qui le déchiraient, Everett s'habilla, et joignit les autres garçons de l'auberge.

Dès que Henri s'était éveillé, il ne lui avait plus été possible de fermer l'œil de la nuit. A présent que quelques heures de sommeil avaient rendu le calme à ses esprits, il se rappelait avec horreur l'engagement qu'il avait contracté de faire un acte que ses principes de morale et sa religion condamnaient également ; c'est à dire, au risque de sa propre vie et de la tranquillité de son père, d'attenter aux jours d'un de ses semblables.

Pour un jeune homme vertueux, imbu dès la plus tendre enfance, des vrais sentimens de l'honneur, et rempli de la plus fervente piété, un pareil souvenir était insupportable, et sans perdre un seul instant, il se mit à con-

sidérer s'il était encore trop tard pour
reculer loin de l'abîme sur lequel il se
trouvait suspendu.

Ses réflexions ne furent pas perdues;
et non-seulement, telles que l'ange armé de l'épée céleste, elles chassèrent
loin de son ame l'esprit de malice qui
s'y était introduit; mais encore la crainte
salutaire de Dieu triompha bientôt de
la vaine crainte de l'homme et de sa
censure ; et il forma la résolution presque inébranlable de s'éloigner à la pointe
du jour , et de laisser une lettre pour
Bradford et pour la personne qui s'était
offerte à lui servir de second , en leur
expliquant les raisons qui l'empêchaient
de se battre, et en déclarant que si Bradford ne rétractait pas ses calomnies, il le
traduirait en justice.

Cependant il éprouvait beaucoup de
peine à accomplir cette généreuse résolution. L'orgueil et même un vertueux
ressentiment , refusaient leur approbation à la démarche qu'il méditait ; et
quoique sa malle fût presque déjà faite ,

et qu'il fut presque entièrement habillé, il était encore assis, cherchant à bannir un reste de vains préjugés, lorsque sa porte s'ouvrit, et il vit entrer l'un des garçons de l'auberge.

« Que voulez-vous ? demanda Henri. »

« Je vais, monsieur, dans la chambre de M. Bradford qui m'a chargé de l'éveiller à cinq heures. »

« Est-il déjà si tard ? reprit Henri ; mais ayez la bonté de ne pas l'éveiller encore, ajouta-t-il avec beaucoup d'agitation ; j'ai mes raisons pour cela. »

« J'en suis bien fâché, monsieur, reprit l'homme en le regardant d'un air de défiance ; mais M. Bradford est fort violent, et si je n'était pas exact.... »

« Revenez un peu plus tard, je vous en prie. Tenez, prenez cet argent, dit Henri, qui voulait éviter de voir Bradford, afin de pouvoir exécuter son projet. »

« Je ne veux pas de votre argent, monsieur, » reprit l'homme avec indi-

gnation ; car, au moment même il venait d'apercevoir que la garde de l'é-
pée de Henri, qui était posée sur une
chaise, était ensanglantée, et que dans
cet endroit le plancher était aussi couvert de sang.

A peine eut-il dit ces mots, que repoussant Henri d'une main, il se précipita dans la chambre de Bradford ;
la vue du cadavre étendu devant lui, cet
homme poussa un cri d'horreur qui fit
accourir Henri ; mais comme le garçon
se trouvait placé de manière à lui cacher
le corps de la victime, Henri ne voyant
rien, lui demanda ce qu'il avait. »

En entendant sa voix, le domestique
se retourna aussitôt. « Pouvez-vous bien
me demander ce que j'ai ? s'écria-t-il,
misérable ! vil hypocrite ! » Et à ces mots,
il s'élança à la porte de la chambre de
Henri, pendant que celui-ci continuait
à l'interroger, prit la clef qui était en
dedans, et l'enfermant à double tour,
descendit précipitamment l'escalier, en
criant : « Au meurtre ! à l'assassin ! »

Muet de surprise, et tourmenté d'un
affreux pressentiment, Henri retourna
auprès du lit de Bradford. Que devint-
il, lorsqu'il le vit étendu sans connaissance, qu'il vit à ses traits livides et dé-
colorés, que le flambeau de la vie était
éteint en lui, soit qu'il fût mort de sa
propre main, ou de celle d'un assassin.

L'étonnement, la pitié, et la consternation, l'assaillirent en même temps,
et il s'appuya contre le mur, presque
aussi insensible que le cadavre qui était
sous ses yeux. Dans le premier moment,
la crainte des dangers qu'il courait lui-
même, n'entra pour rien dans les regrets qu'il donnait au sort de Bradford,
mais bientôt ses pensées prirent un autre cours. Les gestes, les paroles du domestique lui revinrent à l'esprit dans
cet instant terrible, et le convainqui-
rent que les soupçons tomberaient infailliblement sur lui. Pâle, immobile,
et livré à un morne désespoir, il restait
les yeux fixés sur la victime dans une
espèce de morne stupeur, lorsqu'il en-

tendit ouvrir la porte, et vit tous les
habitans de l'auberge se précipiter en
tumulte dans la chambre.

La scène n'avait pas besoin d'explication ; elle s'expliquait d'elle-même. Sur
le lit était étendu le corps sanglant de
Bradford ; auprès était Henri, frappé
d'une horreur qu'on pouvait prendre
aisément pour l'agonie du crime ; et
l'aubergiste, saisissant l'épée de Henri
Woodville, et la tirant du fourreau,
vit qu'elle était couverte de sang.

« Mon épée ! s'écria Henri ; tiré de sa
stupeur par cette vue horrible ; c'est
avec mon épée que le crime a été commis ? Alors je suis perdu ! » Et s'appuyant contre le mur, il se cacha la
figure entre les mains.

On découvrit aussi que Bradford n'a-
vait pas été volé ! et l'une des personnes
avec qui Bradford et lui avaient soupé, se
baissa alors et ramassa quelque chose
qui brillait sur le plancher. Il se trouva
que c'était l'épingle de diamant de
Henri, dont il avait admiré la beauté la

veille. La tête de cette épingle avait été brisée dans la courte résistance que Bradford avait opposée à Everett, qui, comme je l'ai déjà dit, l'avait attachée sur la chemise; et c'était une nouvelle preuve qui, jointe à la circonstance qu'il n'y avait pas eu de vol de commis, servait à accuser l'innocent Henri Woodville.

« Hélas ! dit l'étranger à Henri, qui avait alors relevé la tête, voyez, malheureux jeune homme, quelle preuve voici contre vous ! »

Henri regarda, reconnut son épingle chérie, présent que lui avait fait sa mère le jour de sa fête, et détourna la tête sans chercher à se disculper ; mais lorsque le juge *Coroner* (1) fut arrivé, et qu'il eût commencé l'enquête, Henri

---

(1) Dans tous les cas de mort violente ou subite, on est obligé d'appeler le juge nommé *Coroner* parce qu'il juge *cum coronâ populi*, et qui assisté de 12 parens, amis ou voisins du défunt, formant une espèce de jury, fait une enquête sur les causes de la mort. (*Note du traducteur.*)

prit solennellement son créateur à témoin de son innocence, quelque fortes
que pussent être les apparences qui s'é-
levaient contre lui.

Ces terribles événemens s'étaient suc-
cédés avec tant de rapidité, que Henri,
étourdi par tant d'émotions différentes
et consécutives, n'avait pas encore bien
envisagé les funestes conséquences de
l'accusation qu'il voyait intenter contre
lui : mais lorsque, par suite des fortes
présomptions qui l'accablaient, il fut
conduit en prison comme l'assassin présumé de Bradford, il entrevit toute
l'horreur de sa position, sans voir briller une seule lueur d'espoir ; mais alors
il se rappela avec quelque consolation,
que son ami et son associé n'était qu'à
quelques journées de distance d'Abingdon, et il était sûr que non-seulement
il accourrait aussitôt auprès de lui, mais
qu'il rendrait tous les ménagemens
possibles pour annoncerce tte funeste
nouvelle à sa famille.

Il demanda donc la permission de lui

écrire ; et après avoir terminé sa lettre dans laquelle il protestait de son innocence , et témoignait l'assurance que M, Courtnay ne le croirait pas un seul instant capable d'un crime aussi horrible , il se sentit plus tranquille , et s'abandonna avec confiance à la volonté et à la protection de cet être dont les jugemens ne ressemblent en rien à ceux des hommes.

Je n'essayerai pas de décrire les sentimens que Henri éprouva lorsqu'il se vit renfermé dans une étroite prison, et chargé de chaînes comme un meurtrier, tandis qu'il était innocent, même de la pensée d'un crime , à moins qu'on ne donnât ce nom au projet du duel qu'il avait d'abord eu la faiblesse d'accepter.

Mais le plus cruel de tous les tourmens , et c'était une idée sur laquelle il ne pouvait pas même supporter de s'arrêter , tant elle le réduisait au désespoir, c'était la pensée de ce que ses parens, sa famille et son ami auraient à souffrir.

« Quoi qu'il en soit , j'ai la consolation de savoir qu'ils ne me croiront pas un seul instant coupable » dit-il en lui-même. Il adressa alors une longue et fervente prière à la Providence , et tomba dans un paisible sommeil.

Combien, au moment de l'arrestation de Henri, les sentimens de ses parens bien-aimés étaient différens de ceux de leur malheureux fils ; car le jour, le jour si long-temps attendu approchait où leur dette d'honneur, si je puis me servir de cette expression, allait être acquittée en entier, et où ils allaient paraître dans toute leur noble et fière intégrité.

Pour jouir de la surprise et de la joie de ses créanciers, M. Woodville résolut de les réunir dans un dîner, et le jour qu'il avait choisi pour cette réunion étant arrivé, tous ceux qui avaient éprouvé la moindre perte par la banqueroute de M. Woodville , se rendirent chez lui à l'heure indiquée , se doutant peu du motif de l'invitation.

Un dîner dans une maison où, depuis si long-temps il ne s'en était donné aucun, était pour tous un sujet de surprise, et comme la calomnie est toujours fort active, quelques-uns des convives commencèrent à craindre que les Woodville ne se remissent à faire de nouvelles dépenses, en oubliant qu'ils n'avaient payé que quinze schellings par livre.

Les hôtes étant tous arrivés, le dîner fut servi ; et pendant que M. Woodville avait peine à contenir la délicieuse émotion qu'il éprouvait, en songeant à la scène qui allait suivre ; pendant qu'il regardait surtout deux ou trois de ses hôtes, à qui il savait qu'une somme d'argent inattendue serait alors d'un grand secours, son cœur bienveillant tressaillait de plaisir, en songeant qu'il allait récompenser ses créanciers des sacrifices qu'ils avaient eu la générosité de faire, pour lui fournir les moyens de continuer son commerce.

L'un des créanciers qu'il avait invités

n'arriva elle lorsque le dessert était déjà sur la table, et au moment où M. Wood-ville, le cœur palpitant de joie, se pré-parait à montrer les sacs qui contenaient l'argent revenant à chacun de ses con-vives, ou, quand la somme était trop considérable, les traites qu'il avait faites sur son banquier, du montant de cha-que dette individuelle, lorsque ce nou-veau convive entra ; ses joues étaient si pâles, et son agitation si grande et si manifeste que chacun le regarda d'un air inquiet et alarmé.

M. Woodville fut le seul, avec sa fille et son épouse, qui ne remarqua pas ce que ses manières avaient d'étrange. Ils étaient tous trois trop agités eux-mêmes pour faire attention à son trouble.

A la fin, d'une voix un peu agitée, M. Woodville adressa la parole à ses hôtes ; et leur ayant fait connaître le motif de son invitation, il donna à cha-cun le sac contenant le principal, et les intérêts de la somme à laquelle ils avaient bien voulu renoncer ; mais quoique tous

parussent aussi touchés que satisfaits de
cette circonstance inattendue, le convive qui était entré le dernier, et qui
s'appelait Adderly, se leva de table et se
tourna du côté de la fenêtre, pour cacher son émotion, qu'il lui fut presque
impossible de maîtriser, lorsque M.
Woodville déclara que c'était le jour le
plus beau et le plus heureux de sa vie!

Alors d'une main tremblante, il remplit son verre, et pria ses convives d'excuser la tendresse d'un père, s'il commençait par proposer en premier lieu
la santé de son fils Henri Woodville, qui
s'était refusé tous les plaisirs que ses éco-
nomies pouvaient lui procurer, afin de
fournir à son père les moyens de liqui-
der plutôt ses dettes, et de reprendre
son train de vie ordinaire. « Et permettez-moi, ajouta-t-il d'une voix émue,
permettez-moi de prier le ciel qu'il vous
accorde à tous un fils tel que le mien! »

M. Adderly se retourna, et prit son
verre à la main, luttant évidemment

contre son émotion. Mais à peine l'a-
vait-il porté à ses lèvres, qu'il le déposa
aussitôt, et s'écria en fondant en larmes,
« Je ne puis... Je ne puis... C'est une
idée horrible ! » Alors s'appuyant la tête
sur la table, il poussa des sanglots redoublés. « ... oh ! dit-elle...
Mistress Woodville était mère, et prenant aussitôt l'alarme, elle se leva, elle
conjura, les mains jointes, de lui expliquer la cause de cette émotion extraordinaire, et de leur dire s'il était arrivé
quelque malheur à leur cher Henri ...

M. Adderly ne répondit pas sur le
champ ; il ne le pouvait pas ; mais tirant
de sa poche un journal, qu'il avait reçu
au moment où il allait se rendre chez
M. Woodville, il le remit entre les mains
du jeune Harcourt, l'amant d'Élisabeth.
Celui-ci le lut, et les joues pâles comme
la mort, demanda à parler à M. Woodville en particulier. « Non ! nous serons
avec vous, » s'écrièrent en même temps
la mère et la sœur au désespoir ...

chirées, par une vague inquiétude, se
suivirent tous trois le jeune Harcourt
dans la chambre voisine.

Le journal était rempli des détails
de la malheureuse affaire de Bradford,
et cette famille, qui tout à l'heure était
transportée de reconnaissance, d'orgueil et d'allégresse, fut alors livrée à
toutes les angoisses de la terreur et du
désespoir.

Si quelque chose avait pu leur procurer quelque consolation dans un pareil
moment, c'eût été les assurances réitérées de leurs hôtes qu'aucun d'eux ne
pouvait croire Henri Woodville coupable. Et lorsque le malheureux père partit, ce qu'il fit à l'instant, pour aller rejoindre son fils, il fut entouré, en montant en voiture, d'une foule d'amis, la
plupart lui offrant leurs services, tous
l'accompagnant de leurs vœux pour que
l'innocence de Henri fût bientôt publiquement reconnue.

Mais quoiqu'un de ses amis eût voulu
absolument aller avec lui à Abingdon,

que le chemin parut long et triste au père inconsolable, et qu'e ne souffraient pas en même temps sa fille et son épouse, qui n'ayant pu obtenir de lui la permission de l'accompagner, et confiées par sa tendresse aux soins du jeune Harcourt, murmuraient pour la première fois en se soumettant aux ordres du meilleur des pères et des époux, et s'imaginaient qu'elles seraient moins malheureuses, si elles pouvaient du moins assister au procès, et protester devant les juges que Henri était innocent !

On ne parlait dans les maisons, dans les tribunaux, et dans les rues d'Abingdon que de l'assassinat de Bradford. Les causes qui la veille piquaient le plus la curiosité publique, ne semblaient plus d'aucun intérêt. Tous les yeux étaient fixés sur celle qui devait être jugée à la fin de la semaine, et par laquelle les assises devaient se terminer. Comme c'est trop souvent l'usage en pareilles occasions, le malheureux Henri était d'a-

...ance la victime du préjugé; et il était déclaré coupable, avant que le rapport de l'affaire eût été seulement fait en justice dans une cour criminelle.

Les personnes mêmes qui avaient été témoins de la conduite brutale de Bradford, et qui avaient admiré la patience héroïque et vraiment louable de Henri, étaient alors si disposées à plaindre le sort déplorable du premier, qu'elles regardaient la conduite de Henri comme l'effet de la plus noire dissimulation. L'un d'eux, celui qui devait lui servir de second dans le duel, se rappela alors que Bradford avait parlé avec beaucoup d'amertume de certains enfans hypocrites, qui sous de beaux semblans de sagesse et de vertu, s'emparaient de l'esprit d'hommes faibles et sans énergie, et privaient de leurs droits et du fruit de leur travail d'honnêtes gens, sans malice et sans défiance; et il ne doutait point que Bradford n'eût voulu parler de Henri. En un mot, autant ils avaient pensé bien de lui, autant ils en pensaient mal aujour-

d'hui, et ils attribuaient la conduite brutale de Bradford aux torts réitérés
que Henri, ce vil hypocrite, avait eus à
son égard.

Le témoin le plus redoutable contre
lui était Tomms, le garçon qui était venu pour réveiller Bradford. Everell fut
aussi interrogé par le juge de paix; et
après s'être étourdi en buvant quelques
verres d'eau de vie, il fut en état de
faire sa déposition ainsi que les autres,
et d'attester la querelle qui s'était élevée
à table entre Bradford et Henri Woodville. Il le fit avec un degré de fermeté
qui l'étonna lui-même; mais il n'en apprit pas avec moins de chagrin qu'il ne
lui serait pas permis de quitter la ville,
avant qu'il eût répété sa déposition devant le jury.

Lorsque Henri s'éveilla le lendemain,
et qu'il se rappela qu'il n'avait pas encore auprès de lui un seul ami qui pût
l'aider de ses conseils, il crut qu'il devait à sa propre innocence et à sa famille
de ne rien négliger pour sa défense; et

il désira voir, le plutôt possible le premier avocat de la ville. Mais malheureusement cet avocat était déjà retenu par
la partie adverse. Cependant celui qui,
après lui, tenait le premier rang dans
l'estime publique, se trouvait libre, et
il vint voir Henri dans sa prison avant
de se rendre au tribunal.

Il y avait quelque chose de si ouvert et
de si simple dans les manières de Henri
Woodville, sa figure prévenait si fort
en sa faveur, et sa voix était si persua-
sive, qu'après avoir été quelques minutes avec lui, l'avocat Murray ne put jamais se persuader qu'il voyait un assassin,
et il était disposé à croire que, si Henri
tuait une Bradford, c'était en défendant
sa vie.

L'intérêt que Henri lui avait inspiré
à la première vue, fut loin d'être affai-
bli lorsqu'il lui entendit faire le simple
récit de sa vie passée, de ses espérances,
de la position de son père, et de celle
de sa famille, de ses habitudes et de ses
occupations jusqu'à la fatale nuit, où

question ; et lorsqu'il fut témoin de ces marques de désespoir que lui arrachaient non pas ses propres souffrances, mais les angoisses que devaient éprouver ses malheureux parens.

« Je ne saurais vous croire coupable un seul instant, dit l'avocat d'une voix émue ; cependant je dois avouer que toutes les circonstances sont terribles pour vous, et semblent se réunir pour vous accuser. Si les spectateurs de la dispute pouvaient prouver que vous étiez dans la même ivresse que Bradford lorsque vous allâtes vous coucher ; ou s'il était évident que vous avez fait venir en secret des liqueurs fortes dans votre chambre, je serais véritablement tenté de croire que vous avez tué ce malheureux jeune homme dans le délire de l'ivresse, et qu'il ne vous en reste plus le moindre souvenir. »

« Mais, reprit Henri, ce sont des faits que personne ne peut jamais prouver, parce qu'ils n'existèrent jamais. Je me retirai dans ma chambre comme à l'ordinaire ;

et je ne pris absolument rien après y
être entré. Mais je déplorerai amère-
ment jusqu'à la fin de ma vie, qui sans
doute ne sera pas longue à présent, que
pendant toute la soirée, je me suis livré à des excès que condamnaient la
tempérance et les principes que je me
suis toujours fait gloire de suivre ; car
si j'avais été aussi sobre qu'à l'ordinaire,
je n'aurais jamais pu dormir assez profondément pour que quelqu'un eût pu
entrer dans ma chambre, et prendre
mon épée au pied de mon lit, sans que
je l'entendisse. Il n'est point douteux que
celui qui a tué le pauvre Bradford, n'ait
eu l'intention de voler mon épingle, qu'il
a sans doute laissée tomber ensuite en
consommant son crime. Je pense aussi
qu'il a craint d'être surpris avant d'avoir
eu le temps de prendre l'argent, et qu'il
s'est vu forcé de faire une retraite pré-
cipitée. Je me rappelle que je crus entendre ouvrir ma porte vers trois heures
du matin, et que lorsque je criai, Qui
est là ? la personne se retira aussitôt. Je

soupçonne à présent que c'était d'assassin qui revenait chercher l'argent que quelque bruit soudain ou quelqu'autre circonstance ne lui avait pas permis de prendre. Mais quel était cet assassin? voilà ce qu'il m'est impossible de deviner.

L'avocat partagea l'opinion de Henri, mais, comme lui, il ne savait à qui attribuer le crime. Ce pouvait être l'aubergiste, ou bien quelqu'un de ses domestiques. A la fin les soupçons de Henri et de M. Murray tombèrent en même temps sur Tomms qui l'avait accusé le premier; et ces soupçons déterminèrent l'avocat à observer cet homme le jour des débats avec la plus grande attention, et à lui faire subir l'interrogatoire le plus rigoureux.

Tandis que les manières et la conversation de Henri prévenaient ainsi M. Murray en sa faveur, et ne lui laissaient aucun doute que Henri ne fût parfaitement innocent, les discours du frère de Bradford et de son père au désespoir, pro duisaient une impression bien différente sur l'esprit de M. Rickwood, avocat de la partie adverse.

Bradford avait fait en maintes circonstances le tourment de son père, et sa mauvaise conduite était pour lui une source continuelle de regrets; cependant, lorsqu'il le vit moissonné à la fleur de ses jours, lorsqu'il le vit étendu sur son lit de mort, victime du poignard d'un assassin, ce père inconsolable oublia tout pour se rappeler seulement que c'était son fils, et que l'infortuné ne pouvait plus l'offenser, ni lui le bénir et lui pardonner. John Bradford, son second fils, sans éprouver un bien vif regret de la mort de son frère, témoigna la plus grande indignation contre son assassin, et il croyait fermement que ce meurtrier était Henri Woodville que tous les Bradford détestaient, parce qu'il était universellement aimé, et qu'il avait supplanté le jeune Bradford dans l'amitié de M. Courtnay, aussi résolut-il de ne rien négliger pour que Henri fût

v.

4

convaincu du crime qu'on lui imputait,
et pour attirer sur sa tête toute la rigueur des lois.

Il n'est donc pas étonnant que l'avocat Rickwood se laissât prévenir par ses
cliens contre Henri Woodville, et même
contre sa famille, ni qu'il crût, car tels
étaient les rapports des Bradford, que
M. Courtnay était un homme faible qui
abusé par les artifices et les impostures
des Woodville, avait mal jugé cette malheureuse victime de la cupidité, et avait
pris, au préjudice de Bradford, Henri
pour associé.

Il y avait quatre jours que le pauvre
Henri avait écrit à M. Courtnay; et cependant il n'en avait encore reçu ni
visite ni réponse. Il était désolé, ne sachant à quoi attribuer ce retard, lorsque le quatrième jour il en reçut une
lettre qui le dédommagea bien du
la pénible incertitude qui l'avait tourmenté jusqu'alors. M. Courtnay lui disait qu'il se trouvait à cent cinquante
milles de Londres lorsque sa lettre lui

était parvenue, et qu'aussitôt il était
parti pour la capitale ; qu'il lui était aussi
impossible de douter de son innocence
que de la sienne propre, et qu'il serait
auprès de lui le lendemain. Il ajoutait :
« J'ai envoyé sur-le-champ un exprès à
votre père qui sans doute arrivera auprès de vous presque en même temps
que moi. En attendant du courage, mon
très-cher Henri. »

Oh! que cette lettre était consolante,
que l'espoir de voir l'homme bienveillant qui l'avait écrite, était doux pour
Henri! Quoiqu'il sût que le témoignage
de M. Courtnay sur son caractère ne
pourrait être que d'un faible poids contre la force de l'évidence, cependant il
sentait que ce serait pour lui une consolation de l'entendre ainsi lui rendre publiquement justice.

Ce n'était pas avec la même joie qu'il
attendait l'arrivée de son père ; car il
craignait d'être témoin de sa douleur et
de son désespoir, et ne pouvait supporter l'idée que lui qui naguères était l'or-

gueil de ses parens, allait bientôt peut-
être, quoiqu'innocemment, devenir
leur opprobre.

« Ah ! se disait-il souvent dans la solitude de sa prison, que je suis heureux
au milieu de ma misère, de penser
qu'Anna Vincent ne me connaît pas, et
que mon cruel destin ne saurait affliger
celle que j'aime ! Il est déjà bien assez
douloureux pour moi de considérer
quels tourmens je cause à mes parens
et à mes amis ! »

M. Courtnay arriva le lendemain de
grand matin, ayant voyagé toute la nuit.
Il est aisé de s'imaginer les sentimens
que Henri et lui éprouvèrent en se re-
voyant..... Mais si Courtnay était entré
dans la prison avec l'espoir que le jugement serait favorable à son ami, il fut
bien détrompé par une conférence qu'il
eut avec l'avocat de Henri, M. Murray.
Non-seulement celui-ci sentait que les
preuves étaient irrécusables, mais il
savait aussi que tous les esprits étaient
prévenus contre l'accusé. Dans des cir-

constances aussi défavorables, ils auraient voulu pouvoir faire retarder le
jugement, mais leurs efforts furent inutiles, et le jour arriva où le sort de Henri
Woodville devait se décider.

La salle d'audience était remplie long-
temps auparavant que la séance dût
s'ouvrir ; et les dames mêmes, par indignation contre le crime, du moins elles
le croyaient, eurent la force de vouloir
assister au procès, peut-être même à la
condamnation du criminel, et il ne
leur vint peut-être pas une seule fois
dans l'esprit, pendant qu'elles étaient
assises attendant avec impatience l'ap-
parition du prisonnier, que le mobile
qui les tenait dans l'attente était moins
une horreur vertueuse pour le crime,
qu'une curiosité vulgaire et le désir des
émotions violentes.

Mais cette indignation injuste et pré-
maturée, qui n'était que trop générale
parmi les spectateurs ainsi que dans
toute la ville d'Abingdon, s'éteignit
presqu'involontairement, lorsque Hen-

ri, accompagné de son ami M. Courtnay, entra dans la salle, et prit place
sur le banc des accusés.

Sa jeunesse, son air de vertu et de
candeur, la douceur qui respirait dans
tous ses traits, et la résignation calme
mais sans faiblesse qu'exprimaient ses
regards, produisit un effet si prompt
sur tous les spectateurs, que l'indignation contre le crime fit place à l'admiration pour le criminel supposé. Et lorsqu'il répondit « non coupable, » (1)
suivant la formule ordinaire, il pronon-
ça ces mots d'une voix si touchante et
en même temps si assurée, que bien
des gens dont le cœur deux minutes auparavant se soulevait d'indignation à
l'idée de son crime prétendu, et qui
étaient venus avec le désir le plus vif de

(1) La première question faite à un accusé dans
les tribunaux d'Angleterre est toujours s'il se dé-
clare coupable ou non. Et il doit y répondre par
ces mots : « Coupable, ou non coupable. » (*Note
du traducteur.*)

l'entendre déclarer coupable, furent sai-
sis de compassion, tremblèrent pour
ses jours et souhaitèrent d'entendre
proclamer son innocence.

L'homme éloquent qui devait plaider
contre lui, aperçut bientôt l'impression
favorable que la présence du prisonnier
avait faite sur la cour, et il tira de cette
circonstance de nouveaux alimens pour
son éloquence. Se tournant vers le jury,
à la fin d'un exorde pathétique, il le
conjura de ne pas se laisser influencer
par ces graces extérieures, par ces manières séduisantes que le prisonnier possédait assurément, et qui ne l'auraient
prévenu lui-même que trop puissam-
ment en sa faveur, si des faits, des faits
malheureusement trop positifs pour
être révoqués un seul instant en doute,
ne l'avaient rendu inaccessible à la pitié
que la vue de l'accusé devait faire naître,
pour ne lui rappeler que celle qu'il devait à sa malheureuse victime.

Les circonstances qu'il avait à détai'-
ler étaient trop claires pour laisser l'om-

bre d'un doute. La querelle préalable ;
le duel convenu pour le lendemain ;
les discours insultans tenus à table par
Bradford contre l'accusé, discours que,
suivant l'aveu des personnes présentes,
rien que son sang ne pouvait effacer ;
l'agitation évidente du prisonnier, lorsque le garçon entra à cinq heures pour
éveiller Bradford ; la circonstance re-
marquable qu'à cette heure, il était déjà tout habillé et qu'il avait même fait sa
malle pour partir ; l'argent qu'il avait
offert au garçon pour l'engager à revenir plus tard ; son épée enfin couverte
de sang jusqu'à la garde ; son épingle de
diamant trouvée au pied du lit de l'homme assassiné, et évidemment brisée pendant la résistance que la victime avait
tenté de lui opposer ; toutes ces circonstances, dans le résumé de l'avocat, formaient une masse de preuves que rien
ne pouvait détruire ; et si l'on considérait encore combien il était peu probable qu'une autre personne eût pu effectuer ce crime, puisqu'on n'avait pu dé-

couvrir aucune trace de sang dans aucune autre chambre ni sur aucun indi-
vidu ; si l'on considérait enfin qu'il n'a-
vait pas été commis de vol, toutes les
probabilités se tournaient alors en cer-
titudes , et la pitié qu'avait inspirée
l'accusé , devait faire place à une vertueuse indignation contre le coupable.

Cet avocat, comme lord Erskine aujourd'hui, avait le talent particulier de
paraître s'identifier avec la personne
pour laquelle il plaidait. Il était presque
impossible de ne pas croire que son
client ne fît partie de lui-même, tant
l'expression de ses sentimens manifes-
tait le vif intérêt qu'il prenait à sa cause;
tant son bonheur, sa vie même semblaient dépendre de la déclaration du
jury auquel il s'adressait. L'expression
de sa figure, l'énergie de ses gestes,
secondaient si bien son éloquence qu'il
balançait l'intérêt excité par Henri Woodville. Henri lui-même, Henri ne pouvait s'empêcher d'admirer avec quelle
adresse son adversaire savait l'accabler

4*

du poids de ses argumens; mais il gé-
missait aussi en songeant combien un
talent semblable était dangereux, lorsqu'il vit qu'il pouvait attirer la vengeance des lois, même sur l'homme innocent.

L'avocat Rickwood ayant terminé son
plaidoyer, fit comparaître ses témoins.
L'un deux était Everett, qui avait eu
soin de se faire une blessure à l'œil,
afin d'avoir un prétexte pour cacher son
front coupable sous un large bandeau,
et en affectant d'être très-enrhumé, il
se donna une excuse pour parler d'une
voix enrouée et mal assurée. A force
d'eau-de-vie et d'opium, il s'était mis en
état de supporter le court période de
son interrogatoire; et comme M. Murray était malheureusement si prévenu
contre Tomms, qu'il ne fit pas grande
attention à Everett dont la déposition
était simplement qu'il avait été témoin
de la querelle entre l'accusé et M. Bradford, Everett ne tarda pas à être renvoyé,
et fut libre de quitter la ville dès qu'il le

voudrait, ce qu'il fit sur-le-champ.

La manière dont M. Murray interro-
gea Tomms, lorsqu'il parut à son tour,
fit le plus grand honneur à sa finesse et
à sa pénétration ; mais comme cet
homme était fort du témoignage de sa
conscience, et qu'il ne disait que la vérité, il fut impossible de le confondre,
et son innocence fut pleinement reconnue.

Tout ce que l'avocat Murray put donc
faire pour son client dans sa défense,
ce fut de s'étendre sur le peu de vrai-
semblance qu'un être jusqu'alors aussi
vertueux, aussi recommandable, que
l'accusé, ce qu'il prouverait par les témoignages les plus irrécusables, eût pu
se rendre coupable du crime qu'on lui
imputait. Pendant qu'il parlait, un billet fut remis au prisonnier qui, après
l'avoir lu, s'appuya sur l'épaule de M.
Courtnay, incapable de maîtriser son
émotion.

L'avocat Murray s'arrêta, et demanda

à lire le billet ; on le lui passa, et après l'avoir parcouru des yeux, il demanda la permission de le lire à haute voix. L'avocat de la partie adverse se leva aussitôt, et déclara qu'on ne pouvait admettre la lecture de semblables papiers dans une affaire de cette nature ; que c'était des preuves qu'il fallait, et non pas de vains subterfuges pour exciter la pitié des jurés, et influencer leur jugement; cependant comme l'avocat Murray persista à vouloir lire le billet qui était fort court, M. Rickwood finit par y consentir, en disant que s'il ne comptait pas autant sur la force des preuves qu'il avait développées, il ne l'aurait pas permis.

Le billet était du père de Henri : il était adressé à son fils, et contenait ce qui suit :

« Je suis ici, mon cher et malheureux enfant; et je désire savoir si ma présence, la présence d'un père, dont vous avez toujours été, et serez toujours l'orgueil et la joie, (car je sais que dans

cette malheureuse affaire, vous vous con-
duirez avec la résignation et le courage
qui sied à l'innocence,) je désire savoir
si la présence de ce père qui vous doit
sa réputation et sa fortune, serait de
quelque consolation pour vous. Si vous
le pensez, je viendrai sur-le-champ vous
rejoindre. »

Il s'éleva un murmure de pitié dans
toute la salle à cette lecture, et le juge
rompit l'espèce de silence qui lui succé-
da, en demandant à Henri s'il désirait
que son père entrât; mais il répondit
par la négative, et l'avocat Murray reprit son plaidoyer; tandis que M. Courtnay sortit pour aller parler au malheureux père.

L'avocat enhardi par la permission
qu'il avait obtenue de lire le billet, pria
alors les jurés d'écouter la lecture d'une
lettre qui montrerait sous son vrai jour
le caractère de M. Woodville et de son
fils.

C'était une lettre écrite par M. Woodville à Henri, et que celui-ci avait reçue

le jour même de son emprisonnement. Il lui annonçait qu'il pouvait enfin payer tout ce qu'il devait à ses créanciers, avec les intérêts; et qu'il les avait invités à dîner tel jour avec lui. Il décrivait ensuite le plaisir qu'il éprouverait dans un pareil moment, plaisir qui lui serait doublement cher par le souvenir de la piété filiale de Henri, qui, en forçant son père à accepter le montant de ses épargnes, lui avait fourni les moyens d'accélérer un remboursement d'où dépendait sa tranquillité et le bonheur de toute sa vie.

. Mais comme cette lettre n'était pas plus admissible que le billet, et qu'elle était beaucoup plus longue; l'avocat ne put obtenir d'en faire lecture; cependant il persista à en donner la substance, et il appela M. Courtnay en témoignage du caractère, et de la conduite antérieure de l'accusé. Cet ami déclaré de Henri et de sa famille était si affecté, lorsqu'il se leva pour parler, qu'il fut quelques minutes sans pouvoir

prononcer un seul mot ; mais lorsqu'il
éleva la voix, ses paroles furent aussi
éloquentes que l'avait été son silence.
Un jeune ami de Henri fut ensuite appelé pour rendre témoignage ; et une
foule d'autres témoins lui succédèrent
sans que personne s'y attendît, tous
prêts à certifier la vertu et la conduite
irréprochable du jeune homme qui dès
l'âge le plus tendre avait su mériter l'estime de toutes les personnes qui le connaissaient.

Ces jeunes gens étaient partis volon-
tairement de Londres, au premier bruit
de l'accusation intentée à Henri, et ils
se levèrent tous ensemble, les larmes
aux yeux, demandant à grands cris d'être
entendus.

« Messieurs, dit l'avocat Murray en
se tournant vers les jurés, et non moins
ému que les jeunes témoins qui venaient
de rendre un si éclatant témoignage à
son client, je termine ici ma défense. »

L'avocat Rickwood se leva alors pour
répliquer, ce qu'il fit évidemment avec

moins d'ardeur qu'il n'en avait montré
dans son premier plaidoyer ; toutefois
il insista fortement sur la nécessité où les
jurés se trouvaient de ne prononcer que
sur les faits et sur les faits seulement ;
et alors avec une adresse consommée,
il se mit à récapituler ceux qui démon-
traient le plus fortement la culpabilité
de l'accusé ; il alla même jusqu'à insi-
nuer que la vertu presque parfaite attri-
buée au prisonnier par ses amis, semblait tellement supérieure à l'humanité,
qu'elle servait à confirmer l'accusation
de dissimulation et d'hypocrisie, arti-
culée contre lui, par sa malheureuse victime.

Cette remarque excita un murmure
si prononcé d'indignation, que le juge
fut obligé de rappeler l'auditoire à l'ordre ; mais l'avocat Rickwood se consola
du mouvement d'animadversion qui
s'était élevé contre lui, par la pensée
d'avoir fait son devoir.

Le juge fit alors son résumé, et dans
un discours énergique rassembla tous

les faits recueillis pendant les débats. Les jurés se retirèrent pour délibérer; la délibération ne fut pas longue; et contre l'attente, et même alors, contre l'espérance générale, Henri Woodville fut déclaré coupable.

Un silence touchant régna dans l'auditoire, et il n'était interrompu que par les sanglots des amis de Henri.

Henri seul, quoique pâle, conserva son calme et son sang-froid; et lorsque le juge lui demanda suivant l'usage, « s'il avait quelque chose à dire pour qu'on ne prononçât pas la condamnation, » il répondit de la manière suivante :

« Tout ce que je puis dire, c'est que je ne dois pas être condamné, parce que je suis innocent du crime qu'on m'impute; mais je sens que les apparences sont si fortes contre moi, que je pardonne aux jurés leur erreur, et que si j'avais été à leur place, j'aurais peut-être jugé comme eux. Cependant j'espère qu'un jour le véritable assassin sera découvert, et, en attendant, je remercie Dieu de mourir innocent plutôt que coupable. »

Lorsque Henri eut fini de parler, le juge, ému lui-même, fut obligé d'attendre un instant avant de pouvoir prononcer la sentence, et le peu de dames qui restaient encore dans la salle, profitèrent de cet intervalle pour en sortir ausssitôt.

M. Courtnay n'entendit pas la terrible condamnation ; et il fut emporté de la salle avant que le juge l'eût prononcée.

Jusqu'alors, Henri avait montré le plus grand courage ; mais lorsqu'il fallut quitter la salle d'audience, toute sa fermeté l'abandonna; car il savait qu'à présent il allait voir son malheureux père. Cependant il s'efforça de reprendre ses esprits, et entra dans le passage qui conduisait à sa prison. M. Woodville était à la porte, la tête appuyée sur l'épaule de M. Courtnay. Mais lorsqu'il entendit le bruit des chaînes il tressaillit, se retourna et apercevant son fils, il se précipita à sa rencontre et tomba sans connaissance entre ses bras Lorsqu'il revint à lui il se trouva sur le lit de Henri, entouré de son fils et de M. Courtnay qui, suspendus entre la crainte et l'espoir, épiaient son retour à la vie.

Je ne décrirai pas la scène qui suivit; je dirai seulement que les trois amis cherchaient réciproquement à se consoler en pensant comme Henri qu'il valait mieux qu'il mourût innocent que coupable; si cette idée ne soulageait pas leur douleur, ils s'efforçaient du moins de se le persuader, et cherchaient chacun à cacher leur désespoir, pour ne pas augmenter celui d'un fils, d'un père, ou d'un ami.

Comme le jugement avait été prononcé un samedi, Henri eut deux jours entiers pour se préparer à la mort, et il passa la journée du dimanche à se fortifier par la prière.

Enfin il fallut qu'il rassemblât toutes ses forces pour l'épreuve la plus terrible

qui lui restât à soutenir ; c'était de faire
ses derniers adieux, d'abord à M. Courtnay, et ensuite à son père ; et lorsqu'il
fut laissé seul avec le dernier , ils senti-
rent tous deux que toutes les considéra-
tions étaient bien faibles pour adoucir
l'horreur d'un pareil moment.

La force seule, la force employée par
le geolier , put à la fin arracher le malheureux père des bras de son enfant ;
et lorsque Henri entendit refermer la
porte terrible qui lui dérobait pour jamais la présence de cet être chéri et res-
pecté, il se roula sur son lit dans un accès
de désespoir , souhaitant mille fois de
perdre sur-le-champ avec la vie le sentiment amer de ses souffrances. Mais
oh ! combien il se réjouit que son père
n'eût pas permis à sa mère et à sa sœur
de l'accompagner ! comment aurait-il
jamais pu supporter la vue du désespoir
de cette tendre mère, et de sa sœur bien-
aimée, la compagne des jeux de son enfance, et la plus chère amie de sa jeunesse ! Heureusement il oublia qu'il n'é-

tait que trop certain que sa mort, ignominieuse aux yeux du public, priverait
sa sœur d'un amant aussi bien que d'un
frère ; et qu'il était impossible que M.
Harcourt permît jamais à son fils d'é-
pouser la sœur d'un homme qui aurait
péri sur l'échafaud.

J'ai déjà dit que le malheureux père
avait été arraché de force des bras de son
fils, et que c'était le geolier qui avait été
obligé d'exercer cette violence. Mais en
le faisant, des larmes roulaient dans ses
yeux ; et lorsqu'il remit le vieillard au
désespoir entre les mains des jeunes
amis de son fils qui l'attendaient, il se
tordit les mains, et lui dit de prendre
courage, d'une voix si profondément
émue que les jeunes gens furent surpris
de l'entendre parler de la sorte, et de
trouver tant d'humanité dans un geolier,
dont le cœur, à force de voir des crimi-
nels, devait nécessairement s'endurcir.
Ils ne savaient pas que c'était un malheureux père qui en plaignait un autre;
ils ne savaient pas que le geolier lui-même

avait un fils qui le matin avait été condamné à mort pour avoir commis un
vol, quoique personne ne soupçonnât
que ce misérable fût son enfant; la douleur de M. Woodville lui inspirait d'autant plus de pitié qu'il éprouvait une
douleur semblable.

Henri avait refusé l'offre que son père
et M. Courtnay lui avaient faite de l'accompagner au lieu de l'exécution, car il
craignait que la vue de son père n'aug-
mentât pour lui l'amertume de la mort,
et n'affaiblît ce courage dont il aurait
un si grand besoin à ses derniers momens. Leur présence ne pouvant plus
lui être utile, ni même être une consolation pour lui, il les conjura de quitter
la ville avant que le fatal jugement fût
exécuté.

Mais ils refusèrent de le faire. Il restait un devoir à remplir, dans l'accom-
plissement duquel ils espéraient trouver
une lugubre consolation. Ils voulaient
du moins recueillir les derniers restes
de celui qu'ils aimaient si tendre-

ment; et c'était aux yeux du monde qu'ils voulaient honorer, par tous les témoignages d'une affection fidèle, celui que la loi avait déshonoré aux yeux du monde.

« L'innocente victime aura du moins un brillant convoi, » s'écria M. Courtnay.

Et ils ne craignaient pas d'éprouver aucune insulte de la part de la populace, car telle est l'inconstance de la multitude que cette même foule qui avait suivi les funérailles du pauvre Bradford, en témoignant la plus vive pitié pour lui, et en faisant retentir l'air d'imprécations contre son assassin, s'apprêtait à présent à suivre, avec encore plus de regret et plus de compassion, les obsèques du malheureux jeune homme que la déclaration d'un jury avait proclamé le meurtrier. Lorsque la loi l'eut déclaré coupable, les sentimens toujours variables de la multitude, le déclarèrent innocent ; les cris mêmes de : sauvons-le ! sauvons-le « étaient répétés par les flots de peuple qui inondaient les rues la veille de l'exécution.

Pendant ce temps Henri, revenu de l'émotion terrible que lui avaient causé les derniers adieux de son père, remplissait un tendre devoir qu'il s'était imposé.

C'était de léguer à sa mère, à sa sœur, et à ses amis d'enfance quelques marques de souvenir, et d'écrire aux deux premières une lettre d'adieux pour leur prouver qu'elles étaient avec son père les dernières personnes ici bas sur lesquelles ses pensées s'arrêtaient dans ce moment terrible ; et pour les assurer qu'elles auraient part à ses dernières prières, avant que le signal fatal fût donné.

Après avoir rempli ce devoir, et s'être recommandé à Dieu, il se déshabilla, se coucha, et dormit d'un sommeil aussi tranquille que dans les jours les plus heureux de son enfance.

Il sommeillait depuis deux heures, lorsqu'au moment où minuit sonnait il

fut réveillé en sursaut par le bruit des
verroux qu'on semblait ouvrir, et se
levant sur son séant, il vit entrer le geolier.

« Est-il possible, dit douloureuse-
ment Henri, qu'il soit déjà jour, et qu e
le terrible moment soit arrivé? »

« Silence, reprit le geolier à voix basse;
tranquillisez-vous; il n'est que minuit,
et je viens pour vous sauver. »

« Pour me sauver! »

« Oui; mais de la promptitude et habillez-vous vite. Attendez que j'ôte d'abord
bord vos fers. » Pendant qu'il parlait,
Henri stupéfait se sentit délivré de ses
chaînes, encore incertain s'il n'était pas
dupe des douces illusions d'un songe.

« Allons, à bas du lit et habillez-vous,
vous dis-je, ajouta le geolier. Il faut
que vous sachiez que j'ai un fils; c'est
un bien mauvais sujet, oh! oui, bien
mauvais; mais, après tout c'est mon
fils, voyez-vous, et je ne puis supporter l'idée qu'il soit pendu, car il doit

v.   5

l'être demain avec vous, comme voleur
de grands chemins, afin que vous le sachiez. Mais personne ne sait que c'est
mon fils; autrement, voyez-vous, on
ne l'aurait pas laissé sous la garde de son
pauvre père. Bref, je n'ai pas à hésiter:
il faut qu'il périsse, ou bien que je le
délivre, que je m'enfuie avec lui, que
je partage son sort et que je tâche d'en
faire un meilleur garçon, si c'est possible. J'ai écrit un bout de lettre au direc-
teur de la prison, et je lui explique tout
franc le motif qui m'a fait agir. Les
pères, je me suis dit, seront pour moi.
Ils ne me blâmeront pas d'avoir sauvé
mon enfant; car mon enfant, c'est ma
chair et mon sang? Et puis les pères
compâtissent à la douleur des pères; et
voilà pourquoi je suis venu vous chercher pour que vous veniez avec nous;
car je ne pouvais supporter de voir
votre bon père, le pauvre homme, se
lamenter, se désespérer, et j'ai juré à
part moi que si je sauvais mon fils, je
sauverais aussi le sien, et j'ai dit. »

Henri ne pouvait répondre, mais il lui serra la main en silence. Il ne doutait pas qu'il ne pût sans honte accepter son offre; mais quand même il en eût été autrement, cet amour de la vie, que rien ne peut éteindre, animait alors si vivement son cœur qu'il eût été prêt à fuir, à tout événement, le sort injuste qui l'attendait.

Le geolier noircit alors la figure de Henri, ainsi que son front et ses sourcils, lui mit sur la tête une perruque rousse, et le laissa finir de s'habiller, pour aller chercher son fils.

Une demi-heure après, ils étaient tous trois hors de la prison et sur la route de Londres; le geolier ayant laissé dans une chambre les clefs de la prison et la lettre adressée à son supérieur.

Lorsqu'ils furent au milieu des champs, le geolier et son fils, qui tous deux s'étaient aussi noirci la figure, donnèrent un coup de sifflet auquel on répondit sur le champ; et bientôt après

un homme et une femme, complices
du jeune homme, vinrent leur appor-
ter un paquet contenant des déguise-
mens pour tous les trois.

Henri, quoique bien fait, n'était pas
grand, il fut décidé qu'il s'habillerait en
femme ; et avec un panier sous le bras
et une pipe à la bouche ; il ressemblait
assez à une de ces vivandières qui sui-
vent les armées, ou plutôt encore à une
Bohémienne en voyage. Non seulement
ses deux compagnons avaient aussi l'air
de Bohémiens, mais le plus jeune savait
même parfaitement leur jargon. Les
habits avec lesquels ils étaient sortis de
prison, furent mis dans une espèce de
besace que le geolier attacha sur son
dos, et ils continuèrent ainsi leur
route.

Lorsque le jour fut venu, et qu'ils
virent les paysans se répandre de tous
côtés dans la campagne pour reprendre
leurs travaux, ils crurent de la prudence
de quitter le grand chemin ; et, comme
les Bohémiens, de s'asseoir, d'allumer

du feu avec des branches et des feuilles sèches, et de faire cuire leur dîner ; car les compagnons du jeune homme qu'ils avaient rencontrés, leur avaient fourni tout ce qui leur était nécessaire. Ce fut ainsi qu'à la faveur de leurs déguise-mens et des précautions qu'ils surent prendre, ils arrivèrent à Londres vers la fin du troisième jour, sans avoir été découverts. Le jeune homme les con-duisit aussitôt dans l'une des retraites de ses compagnons, et le premier mou-vement de Henri en arrivant, fut d'a-dresser ses actions de grâce à la provi-dence qui lui avait sauvé miraculeuse-ment la vie ; dans l'effusion de sa joie il oublia la dure nécessité où il se trou-vait de passer la nuit au milieu d'une troupe de brigands.

Mais le lendemain matin le bon geo-lier vint le trouver pour voir avec lui le parti qu'il fallait prendre à son égard. « Je sais, dit-il, que vous ne sauriez res-ter ici ; non, ils sont trop dépravés, et je me trouve moi-même mal à mon aise au milieu d'eux ; mais il faut que j'y reste pour ma sûreté à présent, et lorsque le premier moment de la bagarre sera passé, j'espère trouver quel moyen honnête de gagner ma vie, quoique je craigne, ajouta-t-il en s'essuyant les yeux, de ne pouvoir jamais retirer mon pauvre enfant de leurs mains. »

« Mon généreux libérateur, reprit Henri, tant que M. Courtnay, mon père ou moi nous vivrons, vous pouvez disposer de nos services. Mais à présent, nous devons tous deux nous conduire avec la plus grande circonspection, et il ne faut pas surtout qu'on nous voie ensemble ; je n'ai point de doute que le véritable assasin ne soit découvert un jour, et alors je pourrai reparaître ; mais, à présent, que faire ? où me cacher ? »

— « A présent, il est certain que votre père et M. Courtnay sont instruits de votre évasion, et je parierais qu'ils sont sur la route de Londres, s'ils ne sont pas déjà arrivés. Ainsi donc, si j'avais un conseil à vous donner, je vous dirais d'aller habiter une petite chambre que je vous louerais dans une allée obscure tout près d'ici, et dans deux jours vous pourriez vous hasarder à vous rendre chez M. Courtnay sous ce déguisement, qui vous change tant, mais tant, que je ne vous aurais jamais reconnu, moi qui vous parle; en attendant si vous vous ennuyez de rester renfermé dans la solitude, vous pouvez allez vendre dans les rues des fleurs et des ballades. Bien fin celui qui vous reconnaîtra, allez, je vous en réponds. »

Henri aimait beaucoup mieux ne pas sortir, que de vendre des ballades et des fleurs; et s'étant rendu dans une espèce de grenier situé dans une allée obscure, près de Covent-Garden, il y attendit avec une vive impatience le retour du geolier pour savoir s'il pouvait aller sans danger chez M. Courtnay, qui demeurait dans Henriette-Street.

Henri s'était aventuré un soir à sortir

un instant, et il craignait alors si peu
d'être découvert, qu'il voulait aller chez
M. Courtnay sans plus tarder. Mais le
geolier ayant remarqué que le bureau
de M. Courtnay, dans lequel il était or-
dinairement seul, donnait sur une cour
où l'on pouvait entrer librement, conseilla à Henri d'aller en plein jour à sa
maison, de passer devant la fenêtre; et
s'il voyait que son ami fût seul, d'entrer
dans la chambre, sous prétexte de lui
vendre des fleurs. Par ce moyen, il évi-
terait les regards des domestiques et des
commis, et M. Courtnay pourrait avi-
ser alors au plus sûr moyen de le cacher
à l'avenir.

Henri approuva entièrement ce projet, et voulant donner le plutôt possible au geolier des marques de sa reconnaissance, il convint avec lui que lorsqu'il verrait M. Courtnay, il l'informe-
rait que le geolier viendrait le soir même
se promener sous ses fenêtres, sous le
déguisement d'un aveugle jouant de la

vielle , et qu'il y resterait jusqu'à ce que
M. Courtnay vînt lui donner la récompense promise.

Ce plan procura la plus vive satisfaction à Henri, qui brûlait de s'acquitter
de ce qu'il devait à son libérateur ; bien
sûr que son généreux ami s'empresse-
rait de doubler la somme qu'il voulait lui
donner.

A la fin le geolier vint lui dire un jour
qu'il croyait avoir vu le matin même M.
Courtnay sur le seuil de sa porte, et que
c'était le moment d'aller chez lui.

« Voyez, ajouta-t-il, ce que je vous ai
apporté ; mettez ces papiers dans votre
panier en vous en allant. »

Henri regarda , et vit des signalemens
qui le dépeignaient de la manière la plus
exacte , et qui promettaient une grande
récompense à celui qui le livrerait entre
les mains de la justice. Il ne put s'empêcher de frémir à cette lecture ; mais
comme Henriette-Street n'était qu'à fort
peu de distance , et qu'il savait qu'une
fois dans le bureau de M. Courtnay ,

5*

celui-ci pourrait le cacher, même à l'insu
de ses domestiques, il surmonta sa
crainte, et partit pour le lieu de sa des-
tination.

Il parvint à la porte de la cour sans
être remarqué, il regarda par la fenêtre du bureau, et aperçut son ami;
mais il s'efforça inutilement de fixer son
attention. M. Courtnay l'ayant enfin
aperçu, lui fit signe d'un air de mauvaise humeur de passer son chemin et
continua à lire la gazette. Henri se vit
donc obligé d'ouvrir la porte et d'entrer
dans le bureau. M. Courtnay, irrité, se
leva aussitôt et lui commanda de sortir
à l'instant même. Mais Henri lui présenta un bouquet, et l'un des signalemens que le geolier lui avait donnés.

Dès qu'il aperçut sur le signalement
le nom de Henri Woodville, M. Courtnay changea de couleur : Avez-vous encore de ces détestables papiers? dit-il
en saisissant le panier que la prétendue
Bohémienne portait à son bras; alors
les déchirant tous en mille pièces, il

s'écria : Si vous osez jamais vendre de ces horribles signalemens, je vous ferai arrêter, je vous ferai..... »

Je ne sais quelles menaces il n'eût pas proférées, si Henri, touché jusqu'aux larmes de cette preuve d'une tendre amitié, ne l'eût interrompu, en s'écriant, la tête appuyée sur l'épaule de M. Courtnay : « Oh ! le meilleur, le plus généreux des amis ! »

Une plus longue explication était inutile. M. Courtnay n'essaya même pas de répondre ; mais il baissa sur-le-champ les stores, serra la main de Henri, porta son doigt à ses lèvres, pour lui faire sentir la nécessité du silence, et l'enfermant à double tourd ans le cabinet, il disparut sans dire un seul mot.

M. Courtnay revint au bout d'une demi-heure, et ouvrant alors une petite porte dans le bureau il fit signe à Henri de le suivre, monta un escalier qui communiquait avec le reste de la maison ; et Henri se trouva bientôt dans une espèce de grenier, fort éloigné de tous les autres appartemens.

M. Courtnay se hasarda alors à parler et à donner un libre cours aux sentimens qui l'animaient.

Dès qu'il fut revenu de son émotion il dit à Henri qu'en le quittant, il avait donné différentes commissions à ses domestiques pour les éloigner, afin de prendre la clef du grenier qui était toujours fermé parce qu'il donnait sur l'escalier qui communiquait avec le comptoir, et d'y transporter du vin et quelques rafraîchissemens. Ensuite il avait fermé la porte en dehors, et il était certain que pour le moment Henri serait en sûreté dans cet asyle.

Henri lui fit alors à sa prière, le détail de son évasion et de son arrivée à Londres. Lorsqu'il eut fini, M. Courtnay s'écria : « Je vois qu'il ne faut pas que vous passiez une autre nuit ni dans cette maison ni même dans cette ville. Il paraît que vous pouvez compter sur la discrétion du geolier. Mais son fils, ou quelqu'un de ses complices pourrait vous trahir ; car la récompense promise à celui qui vous dénoncera, est considérable, et je vais à l'instant même chercher quelque moyen de vous placer dans une retraite où vous n'ayez pas à craindre les poursuites de vos ennemis. »

Henri lui apprit alors ce qu'il avait promis au geolier, et M. Courtnay dit qu'il aurait soin de se trouver au rendez-vous à l'heure indiquée, et que le geolier n'aurait pas à se repentir de son humanité.

M. Courtnay descendit alors dans le comptoir, après avoir enfermé Henri aussi de ce côté, et celui-ci le cœur soulagé se jeta sur une espèce de banc qui était auprès de lui, et tranquille sous le toit de l'amitié, il dormit quelques instans d'un sommeil plus tranquille qu'il ne l'avait encore fait depuis sa sortie de prison.

M. Courtnay ne revint pas avant l'heure à laquelle le geolier devait pa-

...tir dans la rue, déguisé en aveugle ; et celui-ci était déjà à son poste lorsque M. Courtnay arriva à la porte de sa maison. Mais il n'attendit pas long-temps sa récompense qui était proportionnée à l'importance du service qu'il avait rendu.

Le geolier lui dit alors : « Dieu vous assiste, monsieur, vous et votre jeune ami ! je sais que vous veillerez à sa sûreté, et je ne désire même pas savoir où vous comptez le cacher, non il vaut mieux que je ne le sache pas, beaucoup mieux. »

C'était une nouvelle preuve de l'honnêteté du geolier, et Courtnay se sentit plus tranquille après lui avoir parlé. Il alla rejoindre alors un porteur qui le suivait, prit un paquet de ses mains et le porta dans son bureau, après s'être assuré que ses commis étaient trop occupés pour remarquer ce qu'il faisait. Ensuite il monta dans la chambre de Henri.

Lorsqu'il ouvrit la porte, Henri se réveilla. — Allons, mon cher Henri, dit...

M. Courtnay, il n'y a pas de temps à perdre ; je vous donne une heure pour dîner, pour mettre ensuite ces vêtemens et cette perruque, et alors il faudra que vous partiez. »

Il le quitta aussitôt ; mais il revint avant qu'il eût fini de dîner, pour lui dire tout ce qu'il savait sur son père qui, à la nouvelle de l'évasion de Henri, avait accompagné le lendemain M. Courtnay à Londres, parce qu'ils ne doutaient pas que Henri ne vînt chercher un asyle dans sa maison ; il ajouta que mistriss Woodville avait eu un accès de fièvre si violent à la nouvelle de la condamnation, que son époux avait été obligé de retourner chez lui, sans avoir appris de nouvelles de son fils. « Mais point de doute, ajouta-t-il, que la nouvelle de votre évasion ne lui ait déjà rendu la santé. A présent il faut partir sur-le-champ ; je ne veux pas qu'on nous voie sortir ensemble. Prenez la route du comté de Berks, et lorsque vous serez hors de Londres, je vous re-

joindrai, et vous prendrai dans ma voiture. » En disant ces mots, M. Courtnay l'embrassa tendrement, et Henri
s'éloigna.

M. Courtnay était allé acheter une livrée complète, avec une redingotte et
un chapeau de laquais, et une perruque noire aussi assortie que possible,
au teint artificiel de Henri; et comme,
à l'occasion de quelque fête publique,
il devait y avoir le soir même un grand
bal masqué, on le crut aisément lorsqu'il dit que c'était pour se déguiser
qu'il faisait ces emplettes.

Il fit préparer sa chaise de voyage, et
envoya chercher quatre chevaux de
poste, dès que le jour fut tombé, après
avoir dit à ses commis qu'il était obligé
de quitter Londres pour voler auprès
d'un ami, qui était à l'extrémité. Alors,
prenant des pistolets pour lui et pour
Henri, il dit aux postillons de prendre
la route du comté de Berks, et de s'arrêter à tel endroit, parce que son domestique devait l'y attendre.

Henri se trouva à l'endroit indiqué; et M. Courtnay lui ayant dit de monter sur le siège, lui donna une paire de pistolets, et dit aux postillons d'aller le plus vite possible.

M. Courtnay avait donné à Henri un bandeau vert pour qu'il s'en couvrît un œil, afin d'être encore plus méconnaissable, et pendant la route, Henri le tint constamment sur sa figure.

Je ne m'arrêterai pas à décrire les sentimens que Henri éprouva en se retrouvant sur une route qu'il avait parcourue si récemment deux fois dans des circonstances bien différentes. La première fois, plein d'espoir, d'amour et de joie, il volait à une partie de plaisir; la seconde, accusé d'un meurtre et condamné à perdre la vie, il fuyait le glaive de la justice; mais je dois apprendre quel était le projet que M. Courtnay avait formé pour la sûreté de son jeune ami. Il pensait que Henri ne serait pas cherché avec autant de soin près de la ville de laquelle il s'était

échappé , que dans les provinces éloi-
gnées , et surtout à Londres. Il résolut
donc de le conduire à Bristol , de traverser la Saverne avec lui , et alors de
chercher pour lui quelque logement
dans les environs de Chepstow.

Henri , sur la route , et même jusqu'à
ce qu'ils fussent dans le pays de Galles ,
avait toujours fait le service de laquais ;
mais lorsqu'ils eurent traversé le fleuve,
M. Courtnay tira du coffre de sa voiture
un habillement complet , appartenant
à Henri , qui l'avait laissé dans une
malle , chez son ami , en partant pour
les courses de Reading ; jetant alors tout
déguisement , à l'exception de ses cheveux et de ses sourcils que , d'après le
conseil de M. Courtnay , il continua à
peindre , comme il l'avait fait jusqu'a-
lors , et de son teint olivâtre qu'il jugea
prudent de ne pas éclaircir encore , ils
se mirent sans perdre de temps à chercher une demeure.

Ils trouvèrent heureusement ce qu'ils
desiraient dans la maison d'une veuve

respectable, à deux milles de Chepstow, et au milieu d'une vaste plaine qui s'étendait jusques sur les bords de la Wye.

En face du salon et de la chambre à coucher que devait occuper Henri, qui venait disait-il, pour sa santé et pour changer d'air, s'élevait une jolie petite maison, couverte de lierre et de chèvre-feuille, et qui avait été louée récemment à des personnes qui n'en avaient pas encore pris possession ; mais à cette seule exception près, la bonne veuve leur dit qu'elle n'avait pas un seul voisin riche, ou même à son aise.

Henri, sous le nom de William Granville, s'établit aussitôt dans sa nouvelle demeure ; et M. Courtnay le quitta avec la consolation de le laisser dans un asile où il le croyait en sûreté ; et comme Henri avait toujours beaucoup aimé la peinture, il promit de lui envoyer des pinceaux et des couleurs, afin qu'il pût charmer l'ennui de la solitude, et couler du moins le plus agréablement

possible ces heures qu'il ne pouvait pas
employer utilement.

M. Courtnay promit aussi d'aller voir
sur-le-champ M. et mistriss Woodville;
car il n'osait pas leur écrire par la poste;
mais il était porteur d'une lettre de leur
enfant bien-aimé, échappé, pour ainsi
dire, des portes du tombeau.

C'était la première fois, depuis son
emprisonnement, qu'Henri Woodville
se trouvait capable de calmer ses esprits,
de réunir ses pensées éparses, de sentir
la réalité de tous les événemens qui s'é-
taient succédé avec la rapidité d'un songe, de considérer, dans toute son étendue, la grandeur du danger qu'il avait
couru, et d'offrir le tribut de sa reconnaissance à l'être suprême, qui l'avait si
visiblement protégé.

Il est vrai qu'il se trouvait maintenant
obligé de prendre un faux nom, et de
se condamner à une solitude presque
complète, de vivre pendant un temps
indéfini, dans un espèce d'exil, loin

des personnes qu'il aimait le plus : mais aussi il avait échappé à une mort violente et ignominieuse, conséquence d'un arrêt injuste, et après avoir habité un cachot humide et malsain, il jouissait du plaisir de la liberté, dans un pays orné de tous les charmes qui peuvent plaire au goût ou enflammer l'imagination ; tandis qu'il jouissait aussi de ce plaisir inappréciable que donne seule l'infortune, la conviction qu'il avait des amis sincères, dont l'affection semblait croître avec ses malheurs.

Et toutes ces consolations n'étaient-elles pas autant de bienfaits de la Providence ? N'était-il pas favorisé du ciel ? Il ne manquait alors qu'une chose à son bonheur ; c'était de voir son innocence publiquement reconnue ; et il se flattait qu'elle le serait un jour ; plein de piété et de confiance en la protection du ciel, il espérait que celui qui avait daigné l'arracher des bras de la mort, lui rendrait aussi avec le temps sa réputation et sa famille. En attendant il avait de la

santé , des amis , et il demeurait dans
un espèce de paradis terrestre , car c'est
le nom qu'on peut donner aux rives de
la Wye.

Mais quelque satisfait que Henri fût
déjà de sa position , il devait l'être bientôt encore davantage ; quelque attrayant
que fût le spectacle qui l'entourait, il
devait prendre encore un nouveau
charme à ses yeux ; car il allait être
embelli par les douces illusions de l'a-
mour.

Il n'y avait que deux jours qu'il était
dans sa nouvelle demeure, lorsque son
hôtesse lui dit qu'elle voyait au trouble
et à la confusion qui régnait dans la maison en face , que les nouveaux locatai-
res étaient arrivés. « J'ai appris , ajouta-
t-elle , qu'ils ne consistaient qu'en une
dame et sa fille ; j'aurais voulu pour
vous , Monsieur , qu'il y eût du moins
un homme avec elles. »

Henri sourit et la remercia ; mais
comme il n'entendait jamais parler

d'une dame et de sa fille, sans une espèce de tressaillement, et sans concevoir un espoir qui, quoique toujours déçu, renaissait toujours, il ne regretta pas qu'elles fussent seules, et il éprouva le plus grand desir de les voir.

Il ne fut pas long-temps sans avoir ce plaisir ; car ayant remarqué le soir qu'elles sortaient de leur maison, et qu'elles se dirigeaient vers les rives du fleuve, il les suivit à peu de distance ; et lorsqu'elles revinrent sur leurs pas pour retourner chez elles, il se plaça de manière à les voir sans en être vu ; mais comment exprimer sa joie et sa surprise, lorsqu'il reconnut que les rêves de son imagination étaient enfin réalisés, qu'il retrouvait la seule femme qu'il eût jamais aimée ; que cet objet chéri demeurait dans un endroit où il pourrait la voir tous les jours ; où peut-être il parviendrait à s'en faire connaître, peut-être même à être reçu chez elle ! « Oh ! pensait Henri, quelles qu'ayent été mes souffrances, je bénis les infortunes qui

m'ont procuré un semblable bonheur!»
Assurément Henri ne pouvait pas donner une preuve plus forte de la violence
de son amour.

Mais après les premiers momens de
cet heureux délire, vinrent les réflexions
et avec elles l'abattement et la douleur.
Il se rappela que dans sa situation actuelle, il n'avait aucun droit pour aspirer à la connaissance de mistriss Vincent et de sa fille ; en effet, qu'était-il à
présent ? Un malheureux frappé du
sceau de l'ignominie, et poursuivi par
le glaive de la justice ; un criminel convaincu, qui s'était soustrait à la mort
prononcée contre lui, et qui cherchait
alors, dans la solitude et sous un nom
emprunté, à éviter le sort qui pouvait
même encore finir par l'atteindre ! «Et
d'ailleurs, pensait-il, défiguré comme
je le suis, pour ne pas être reconnu,
comment oserais-je jamais me présenter devant celle que j'adore !»

M. Courtnay, comme je l'ai dit, lui
avait conseillé de garder son teint, ses

sourcils et ses cheveux artificiels ; mais la vanité, peut-être un sentiment plus louable, lui fit alors négliger cet avis, et il résolut de reprendre ses traits naturels le plus tôt possible, soit qu'il fit ou non la connaissance des dames Vincent.

Henri commença sur-le-champ à exécuter ce projet, et à la grande surprise de son hôtesse, son teint brun et olivâtre s'éclaircit de jour en jour, ce qu'elle attribua très-naturellement à l'air vif et salubre de son pays ; ses cheveux noirs prirent ensuite une couleur moins foncée ; ce changement n'était pas aussi facile à expliquer, et, pour le coup elle sentit que ce n'était pas seulement l'effet de l'air ; mais comme, heureusement pour Henri, elle n'était pas d'un caractère défiant, elle se borna à supposer qu'auparavant il portait une perruque, et qu'il l'avait quittée.

Ses sourcils châtains reprirent aussi leur couleur naturelle ; et lorsque Henri se disait à lui-même, « si elle me voit,

v.   6

du moins elle me verra tel que je suis,»
il était possible qu'il cherchât à se persuader qu'il était entièrement guidé par
un sentiment d'honneur et de délicatesse; mais si la délicatesse conseilla
seule le changement, la vanité dut
l'approuver sans peine; car Henri, tel
que la nature l'avait formé, était
infiniment mieux que sous son déguisement. Etait il prudent, dans sa
position, de n'en plus garder aucun?
C'était une autre considération, et
pour un amant, elle n'était que se-
condaire.

Diverses circonstances rapprochèrent
bientôt mistriss Vincent de l'hôtesse
de Henri, et elles se plurent mutuelle-
ment. Mistriss Vincent fut charmée de
trouver une voisine dont la société
pouvait lui être agréable et même utile;
et la bonne veuve admirait l'amabilité
et la bienveillance de mistriss Vincent.
La fille, à son avis, était aussi fort bien,
mais elle craignait qu'elle ne fût trop
jeune pour pouvoir se plaire avec elle.

Par suite de cette liaison, mistriss Vincent vint un soir chez mistriss Evans, l'hôtesse de Henri ; celle-ci était occupée pour le moment à regarder des dessins de son jeune locataire qui les lui avait prêtés à sa prière.

Les dessins étaient bons, et mistriss Vincent en fut si satisfaite, qu'elle demanda la permission de les emporter pour les faire voir à sa fille, permission que mistriss Evans prit sur elle de lui accorder.

Anna, en les voyant, déclara que les dessins étaient si parfaits, qu'ils devaient être de la main d'un artiste ; et comme sa mère désirait vivement que sa fille se perfectionnât dans un art qu'elle avait déjà commencé à cultiver avec succès, mistriss Evans promit de s'informer si M. Granville consentirait à donner des leçons.

Lorsque mistriss Evans en parla à Henri, il fut si transporté de joie qu'il pouvait à peine répondre ; à la fin, il s'écria : « Si j'y consens ? oh ! oui, sans doute, et avec bien de la joie!» Aussitôt la bonne veuve courut porter cette heu--reuse nouvelle à sa voisine, laissant le fortuné Henri libre de se promener en long et en large dans sa chambre, et de se livrer à ses transports avec tout l'enthousiasme d'un amant.

Mais mistriss Evans revint bientôt chargée d'un message qui refroidit beau-coup cet enthousiasme. « Mistriss Vincent vous présente ses complimens, monsieur, lui dit-elle, et elle désire savoir votre prix. »

« Mon prix! s'écria Henri stupéfait, mon prix! que veut-elle dire? » Mais se reprenant aussitôt, il ajouta : « Oh! oui, je sais.... Je sais à présent, ... oui, oui, j'y penserai : veuillez lui présenter mes respects, et lui dire que demain je m'empresserai de lui donner une réponse. » Et la bonne dame le laissa livré, non pas comme la première fois, à de joyeux transports, mais à de tristes réflexions; car, si ses leçons lui étaient payées, il fallait donc ne former une liaison si précieuse à ses yeux que comme leur inférieur; circonstance défavorable pour le succès de son amour. Mais d'un autre côté s'il avouait qu'il ne cultivait cet art que pour son plaisir, inconnu à ces dames, quels droits aurait-il pour devenir le maître de miss Vincent? il réfléchit alors que, sous son nom véritable, il ne pouvait plus adresser ses louanges à aucune femme; et la force des circonstances ne l'obligeait-elle pas malgré lui, à prendre un nom supposé?

Hélas! pensait Henri, le maître de dessin sera toujours bien plus considéré que Henri Woodville! ainsi donc, point de vain orgueil! je demanderai tant par leçon, sous la condition de n'être payé que lorsque mes soins ne seront plus utiles. Car peut-être alors n'aurai-je plus besoin de recourir à tous ces vains subterfuges. »

Le lendemain, il pria donc mistriss Evans d'apprendre à mistriss Vincent ses conditions qui furent acceptées: et le lendemain matin Henri se prépara en tremblant à paraître devant sa nouvelle écolière.

Quoiqu'il les eût vues plusieurs fois pendant les quatre jours qu'elles avaient déjà passés à l'Hermitage, (c'était ainsi que s'appelait leur maison) mistriss Vincent et sa fille ne l'avaient jamais aperçu : autrement, la première n'eût peut-être pas montré tant d'empressement à le donner pour maître à sa fille ; quoique mistriss Evans l'assurât que M. Granville était un jeune homme fort doux et fort tranquille, et du meilleur caractère ; qu'il avait le teint un peu basané, lorsqu'il était arrivé, mais que l'air du pays de Galles l'avait éclairci au point de le rendre méconnaissable, et qu'à présent il ressemblait beaucoup à son pauvre cher Tom qui était mort.

Ces dames, comme je viens de le dire n'avaient jamais vu Henri, si ce n'est la première fois qu'elles l'avaient rencontré sur les bords du fleuve ; mais

alors même elles n'avaient point fait
attention à lui; car, avec cette timidité respectueuse, toujours compagne du véritable amour, il s'était tenu à l'écart et
s'était contenté d'apercevoir de loin
Anna, qui lui semblait encore embellie
depuis qu'il ne l'avait vue.

Mais à présent il allait rencontrer ses
regards, et jamais, si ce n'est lorsqu'il
allait se promener dans le parc de Saint-
James dans l'espérance de l'y revoir, il
ne lui avait été si difficile d'être satisfait
du résultat de sa toilette.

A la fin, l'heure tout à la fois redou-
tée, et désirée, l'heure fatale arriva;
et Henri, sous le nom de M. Granville, fut présenté à mistriss Vincent et
à sa fille par la bonne mistriss Evans.

Il est certain que lorsque Anna et
mistriss Vincent virent entrer Henri, et
qu'elles remarquèrent son salut plein
de grace, ses manières distinguées, et
sa figure intéressante, la mère prit un
air grave, tandis que la fille était déjà
charmée de son nouveau maître. Ce-

pendant mistriss Vincent savait qu'elle
avait gravé de bonne heure dans l'esprit
de sa fille l'horreur des mésalliances, et
elle espéra que sa fierté serait la sauve-
garde de son cœur.

Anna, par l'ordre de sa mère, mon-
tra alors ses dessins que Henri ne manqua pas de trouver admirables, quoiqu'ils fussent fort inférieurs aux siens ;
et à la fin de la première leçon, le maître et l'écolière se séparèrent, également
satisfaits l'un de l'autre, et soupirant
tous deux après la leçon suivante.

Mistriss Vincent elle-même ne put
s'empêcher d'avouer qu'elle avait rarement vu un jeune homme d'une figure
plus agréable, et qu'elle soupçonnait
qu'il n'avait pas toujours été maître de
dessin. Anna l'avait déjà pensé avant
elle ; et peut-être n'était-il pas prudent
à sa mère de fortifier ses conjectures, en
paraissant les partager.

Il n'y avait alors pour Henri que quatre jours dans la semaine, ceux où il allait donner ses leçons à Anna. Le reste

du temps, il demeurait en sentinelle à sa fenêtre, derrière un rideau, afin de la voir entrer et sortir. Il avait coutume de se lever à la pointe du jour ; et d'aller dessiner les plus jolis sites sur les rives du fleuve, pour qu'Anna pût les copier ensuite. Mais il ne sortait pas à présent qu'il avait repris ses couleurs naturelles, lorsqu'il craignait de rencontrer du monde sur les bords de la rivière ; et lorsqu'il faisait sa promenade du soir, et qu'il apercevait mistriss Vincent et sa fille, cette dame lui faisait sentir par ses manières qu'elle ne désirait pas qu'il vînt les rejoindre.

Cependant insensiblement elle perdit un peu de sa réserve et de sa froideur, et comme Henri l'assura que miss Vincent apprendrait beaucoup mieux à peindre d'après nature, si elle venait dessiner sur le bord du fleuve, Anna obtint la permission de se lever de grand matin deux fois par semaine, et d'accompagner, avec sa mère, le jeune peintre dans ses excursions pittoresques. Henri trouvait

6*

ces promenades délicieuses; quelquefois lorsqu'ils s'étaient dirigés du côté de Montmouth, ils revenaient ensemble par eau, et variaient ainsi leur plaisir.

Cependant Henri était désolé de n'avoir pas encore été invité à aller à l'Hermitage à d'autres heures que celles de ses leçons; mais le hasard le favorisa bientôt sous ce rapport; car un jour qu'il revenait avec mistriss Vincent et sa fille dans une barque, la première, en se penchant pour atteindre son mouchoir qu'elle avait laissé échapper et qui flottait sur l'eau, tomba dans la rivière, et elle courait le plus grand danger lorsque Henri s'élança aussitôt à son secours, et parvint à la ramener à bord.

C'était une circonstance fort heureuse pour Henri; et jamais son oreille n'avait été si agréablement flattée que, lorsqu'il entendit la voix touchante d'Anna l'appeler le sauveur de sa mère.

Mistriss Vincent, quoiqu'alarmée, n'éprouva pas la moindre indisposition, de sorte que la joie d'Anna et de Henri fut sans mélange ; mais il n'en fut pas de même de celle de mistriss Vincent qui voyait avec peine que le jeune peintre, déjà trop séduisant, avait acquis des droits à la reconnaissance de sa fille.

Cependant elle ne pouvait pas, sans ingratitude, se dispenser de l'inviter de temps en temps à venir chez elles. Insensiblement l'intimité s'établit de plus en plus. Henri jouait de la flûte, et tous les soirs il venait accompagner Anna qui était d'une grande force sur le piano. Anna ne paraissait heureuse que lorsque son maître arrivait, et mistriss Vincent voyant qu'il commençait à régner entre eux la plus douce intelligence, tremblante pour le bonheur de sa fille, résolut de l'emmener au plus vite; ainsi sous prétexte d'une affaire pressante, elle avertit Anna qu'elles partiraient pour Londres la semaine suivante, ou celle d'après au plus tard.

La pâleur de ses joues, les larmes qui brillaient dans ses yeux, et son abatte-

ment auraient suffi pour révéler à sa
mère l'état de son cœur, quand même
celle-ci ne l'eût pas déjà soupçonné; elle
savait aussi que Anna n'avait pu manquer de lire dans les regards expressifs
de Henri, muets, mais éloquens in-
terprêtes de son amour, l'attachement
qu'il lui portait.

D'ailleurs il avait sauvé la vie de sa
mère ! et cette tendre mère ne pouvait
se dissimuler que cette circonstance
seule aurait disposé sa fille à des sentimens de reconnaissance et d'affection,
envers celui à qui elle-même était redevable de la vie.

Cependant mistriss Vincent résolut, si
Anna ne lui découvrait pas elle-même son
secret, de ne pas lui laisser voir qu'elle
le savait déjà, et elle espéra que l'absence
et la distraction du voyage triomphe-
raient d'un sentiment que trois mois de
liaison n'avaient pas encore dû rendre
insurmontable.

Henri était assis avec elles sur les rives
de la Wye, occupée à dessiner une vue

qu'Anna trouvait charmante, lorsque
mistriss Vincent lui fit part du voyage
projetté. A cette nouvelle, le crayon
tomba de ses mains, et pendant quelques minutes il lui fut impossible de
parler; lorsqu'il le fit, ce fut d'un ton si
triste! il ne témoigna pourtant pas de
regrets, et demanda seulement :
« Comptez-vous être long-temps absente? »

« Quelques mois, » fut la réponse.
Henri ferma son carton, et dit que sa
main tremblait trop pour qu'il pût dessiner plus long-temps.

Les rives étaient alors émaillées de ces
fleurs bleu de ciel, connues, en Allema-
gne, sous le nom de *vergiss mein nicht*
ou « *ne m'oubliez pas!* » Et comme Henri
en cueillait sans y faire attention, et les
éparpillait ensuite, Anna lui demanda
s'il connaissait le nom de ces fleurs en
allemand. Henri répondit que non, et
lorsqu'elle le lui eut appris, il en cueil-
lit un bouquet qu'il voulait, disait-il,
emporter chez lui.

Le lendemain il se leva à la pointe du jour, et dessina un bouquet de ces fleurs; et, lorsqu'il revit Anna, il la pria de l'accepter, et de se rappeler ce qu'elles disaient.

Enhardi par le trouble d'Anna qui, les yeux baissés, respirait à peine, peut-être eût il osé en dire davantage, si mistriss Vincent ne fût entrée dans ce moment; et Anna, au lieu de montrer le dessin, le serra aussitôt dans son carton, avec un empressement dont Henri se trouva flatté.

Pendant que Henri s'insinuait ainsi dans le cœur de la fille qui ne s'y opposait pas, et même dans celui de la mère qui eût bien voulu pouvoir s'y opposer, ses visites devinrent presque nécessaires à la paix et à la santé d'un pauvre malade qui demeurait à l'extrémité du village.

Mistriss Evans, guidée par la bienfaisance qui lui était naturelle, soulageait les pauvres, autant que sa fortune bornée le lui permettait. Elle vit bientôt que son nouveau locataire lui ressemblait sous ce rapport, et qu'il regardait la charité comme un de ses premiers devoirs. Elle se croyait aussi de grandes connaissances en médecine ; et comme Henri avait étudié un peu cette science à laquelle il s'était d'abord destiné, elle le consultait de temps en temps, lorsqu'elle se trouvait embarrassée pour prescrire les remèdes nécessaires.

Un jour qu'elle souffrait d'un rhumatisme au point de ne pouvoir marcher, elle témoigna en sa présence ses regrets d'être hors d'état de sortir, parce qu'il y avait dans le village, un malade qu'elle ne pouvait pas visiter comme à l'ordinaire ; et qu'elle craignait qu'il n'eût réellement besoin d'une nouvelle ordonnance.

Henri lui offrit aussitôt de l'aller voir dans la soirée. Mais comme elle était dans l'usage de se rendre chez lui à midi, moment où il était toujours le plus mal, et que le chirurgien de Chepstow était lui-même trop malade pour le visiter, Henri, dont la sécurité croissait de plus

en plus ; promit d'aller voir sur-le-
champ ce malheureux ; et après s'être
fait expliquer le chemin, il se dirigea
vers sa cabane.

« Le pauvre homme, dit mistriss
Evans, a la plus méchante femme qu'il
soit possible de voir, mais elle n'est pas
ici à présent; et il est toujours plus
tranquille et plus docile aux conseils,
lorsqu'elle est absente. »

Henri ayant bientôt découvert la place
qu'elle lui avait indiquée, entra dans une
petite chaumière où tout respirait la
plus grande détresse, il aperçut dans
un coin, sur un matelas, un malheureux
dont les joues pâles et creuses, et les
paupières à demi fermées, non par le
sommeil, mais par la langueur, semblaient offrir l'image d'un cadavre vi-
vant.

Il ne fit pas attention à Henri lorsqu'il
entra; mais lorsque celui-ci lui demanda
avec bonté comment il se trouvait, et
lui dit qu'il venait le voir parce que mistriss Evans ne pouvait pas sortir aujour-

d'hui, le malade tressaillit, et s'écria en se soulevant : « Grand Dieu ! quelle est cette voix ? et que venez-vous faire ici ? »

Henri lui expliqua avec douceur le motif de sa visite. Mais le malade, jetant sur lui un regard égaré et effrayant, tomba sans connaissance sur son lit.

Henri n'était pas préparé à une réception semblable ; car mistriss Evans ne lui avait pas dit que le pauvre homme fût en délire ; mais il employa tous les moyens possibles pour le rappeler à la vie, et ses efforts furent couronnés du succès.

Lorsque le malade eut entièrement repris connaissance, il se leva sur son séant, et regarda fixement Henri, voyant avec quelle bonté il soutenait sa tête défaillante, et lui prodiguait ses secours, il s'écria : « C'en est trop, c'en est trop ! » et repoussant le bras de Henri, il se cacha la figure dans ses draps ; mais se relevant l'instant d'après, il voulut savoir depuis

combien de temps Henri était chez mistriss Evans, combien il comptait encore
y rester, et pourquoi il y était venu?

A de pareilles questions, faites par
un homme en santé, Henri aurait dédai-
gné de répondre ; mais ne voulant pas
augmenter l'agitation de ce malheureux,
il lui dit avec douceur qu'il y avait trois
mois qu'il était chez mistriss Evans, qu'il
y était venu afin de vivre loin du monde,
et dans la solitude, et que le terme de
son séjour était incertain.

En disant ces mots, Henri préparait
une potion qu'il présenta alors au malade, en lui disant qu'elle lui ferait du
bien ; mais celui-ci repoussa son bras
avec un mouvement convulsif, et s'é-
cria en sanglotant : « De vous ! non, non,
jamais. Je ne la prendrai pas de vos mains.
Ce serait ma mort. Non, jamais. »

— « J'en suis fâché, reprit Henri ;
car mistriss Evans ne sera peut-être pas
en état de venir vous voir de plusieurs
jours, et le médecin est malade. Si vous

craignez de prendre une potion de ma main, je ne puis vous rendre aucun service, et je ferai mieux de ne pas revenir. »

— « De ne pas revenir! oh! pour l'amour de Dieu, venez, venez tous les jours. Votre vue me fera plus de bien que toutes les médecines du monde. »

— « Quelle folie! »

— « Non, non, non! ce n'est pas une folie; et je vous en conjure, ajouta-t-il, si vous avez quelque pitié de moi, venez me voir tous les jours; et alors, je prendrai jusqu'à du poison pour vous faire plaisir. Tous les jours! me le promettez-vous? »

— « Je ne puis; c'est trop demander; mais je vous verrai tous les deux jours. »

— « Et vous me ferez savoir de vos nouvelles, lorsque je ne vous verrai pas? »

— « Peut-être. »

— « Dieu vous bénisse! Dieu vous bénisse! et il vous bénira! C'est moi,

moi seul qu'il maudira, et, qui dois craindre sa vengeance!»

Alors il poussa véritablement des cris de détresse et d'agonie ; et Henri commença à craindre que quoique ce malheureux eût perdu la raison, sa folie ne provînt des reproches que sa conscience lui faisait. Cependant il se rappela que même les hommes vertueux, lorsqu'ils sont dans cet état de désordre et de dérangement d'esprit, s'accusent souvent de crimes qu'ils sont incapables d'avoir commis, et bannissant aussitôt des soupçons qui pouvaient être injustes, il essaya de tranquilliser le malade, en lui parlant de la miséricorde infinie du Tout-Puissant.

Mais plus il s'efforçait de le calmer, plus l'autre s'agitait et paraissait tourmenté, disant à chaque instant : «C'en est trop. Ne me parlez pas avec tant de bonté! je ne puis le souffrir!» Puis tout à coup saisissant le bras de Henri, il ajouta : « Ne venez jamais à cette heure... venez dans l'obscurité.... dans l'obscurité, entendez-vous ? Jamais dans le jour ! oh ! jamais ! jamais ! »

« Je viendrai ; lorsque mes occupations me le permettront, reprit Henri ; mais à présent, il faut que je vous quitte : ainsi, prenez cette potion, ou ne vous attendez pas à me revoir jamais. »

Le pauvre malade saisit aussitôt avidement la coupe, et la vida d'un trait. Comme c'était une potion calmante fort efficace, Henri savait qu'elle ne tarderait pas à opérer, et il resta encore quelques instans pour en voir le résultat. Il eut bientôt la satisfaction de voir entièrement cesser l'agitation du malade; qui, lorsque Henri se retira, parut à peine s'apercevoir de son départ. »

Il n'est certainement pas de passion qui absorbe plus toutes les pensées, et qui détourne plus l'attention de toute autre chose que celle de l'amour. Si Henri n'avait pas été sous son influence, il n'aurait pu manquer d'apercevoir quelque chose d'extraordinaire dans les manières de cet homme lorsqu'il le vit, dans les questions qu'il lui fit, et dans les paroles qu'il lui adressa. Mais toutes les affaires de Henri, tout ce qui l'occupait, tout ce qui l'intéressait, c'était alors de faire des dessins pour Anna; de lire, afin de lui montrer les passages qui l'avaient le plus amusé dans ses lectures; d'épier l'heure où il pourrait la voir; de se rappeler lorsqu'il l'avait vue, toutes ses paroles et jusqu'à son moindre regard. Voilà ce qui l'occupait, et ce qui l'occupait si exclusivement qu'il oubliait insensiblement que le glaive de la justice était toujours suspendu sur sa tête, et qu'il était condamné à mort pour un crime qu'un autre avait commis. Mais ce qui l'aurait étonné encore bien davantage, si ses réflexions s'étaient tournées sur ce sujet, c'est qu'il avait presque cessé de regarder comme un malheur, ce qu'il regardait auparavant comme la plus grande épreuve à laquelle eût été mis son courage, l'exil auquel il se trouvait condamné, séparé de sa famille et de ses amis, sans avoir d'autres nouvelles

des personnes qui lui étaient chères, que
ces trois mots, tout va bien, écrits dans
l'intérieur d'un paquet de livres que
M. Courtnay lui envoyait tous les deux
mois. Quelquefois, mais bien rarement,
une lettre froide et réservée que son ami
confiait à la poste; et dans laquelle quelques lignes étaient écrites de la main de
son père, voilà toutes les marques de souvenir qu'il recevait. Tant ils craignaient
de fournir les moyens de découvrir
la retraite de Henri, Bradford et son fils
ayant solennellement juré de ne pas
prendre un instant de repos; qu'ils ne
l'eussent remis entre les mains de la
justice.

C'eût été une grande consolation pour
la famille de Henri Woodville, de savoir
qu'il avait trouvé dans l'ivresse d'un
premier attachement l'oubli de ses maux
et de ses souffrances, et que l'amour
jetant un coloris magique sur tout ce
qui lui était arrivé, il ne regardait toutes
ses infortunes que comme autant d'éche-
lons qui l'avaient conduit au bonheur!

Lorsque Henri revit mistris Evans, il lui témoigna son étonnement de ce qu'elle ne l'avait pas prévenu qu'il allait voir un fou, ou du moins un homme en délire.

« Mon Dieu! reprit-elle, mais le pauvre homme n'est pas plus fou que moi. ce n'est qu'un pauvre pécheur bien triste et bien repentant. »

« C'est plutôt le frénétique le plus furieux, dit Henri; et il est aussi défiant que ces sortes de personnes le sont d'ordinaire; car il craignait de prendre une potion de mes mains, et il me demanda qui j'étais, et pourquoi je venais; et, ce qu'il y a de plus étrange, c'est qu'il veut absolument que je l'aille voir tous les jours, mais seulement lorsqu'il commence à faire obscur. »

« En vérité, tout ce que je puis dire, c'est qu'il n'était point fou, lorsque je l'ai vu, » reprit la bonne veuve, et la conversation en resta là.

Le lendemain Henri fut trop occupé pour penser même à son pauvre mala-

dé, car toute la matinée il regarda travailler Anna et sa mère, qui depuis peu
s'était décidée, pour surveiller sa fille,
à prendre elle-même des leçons, et qui
copiaient ensemble quelques-unes de
ses esquisses qu'elles desiraient emporter; après avoir diné avec elles, il les
accompagna le soir à la promenade.

Il était tard lorsqu'ils reprirent le chemin de leur habitation; mais avant qu'ils
y fussent arrivés, un être couvert de
haillons, étendu sur l'herbe, se leva
tout à-coup, et courant vers Henri :

« Pourquoi n'êtes-vous pas venu me
voir? lui dit-il, et si vous ne pouviez pas
venir, pourquoi n'avez-vous pas envoyé?
j'ai été si inquiet! et la bonne mistriss
Evans disait qu'elle ne savait pas où vous
étiez allé. Mais à présent que je vous
vois, je suis si content! »

« Mon brave homme, dit Henri avec
douceur, tandis que les dames regardaient avec un mélange de crainte et de
pitié l'être extraordinaire qui était devant
elles, je n'ai pu aller vous voir, et j'ai

oublie d'envoyer... vous retournerez chez vous; car il commence à faire froid, et je vous promets d'aller vous voir demain. »

« Oui, demain soir », reprit-il, et je vous attendrai. »

À ces mots, il s'éloigne d'un pas chancelant, laissant mistriss Vincent et Anna convaincues, ainsi que Henri, du dérangement de son esprit. Et Anna ne put s'empêcher de dire qu'il devait prendre garde de rester seul avec un homme semblable.

Le lendemain soir, avant de faire sa promenade ordinaire, qu'il terminait toujours en allant rejoindre ses voisines sur les rives du fleuve, Henri alla visiter son malade.

« Ah! vous voilà! s'écria celui-ci en le voyant entrer; Dieu soit béni! ...

— Oui, reprit Henri, vivement ému par l'idée d'abandonner ce pauvre petit... me suis trouvé... pour tout garçon... le qu'un enfant de douze ans, et j...

père améliorer votre sort, autant qu'il
dépendra de moi. Voyez, je vous ai apporté un oreiller, ajouta-t-il, en prenant un panier des mains d'un petit garçon qui le suivait, et voici quelques
provisions pour vous. Comme dans
votre état il faut que vous vous teniez
bien chaudement, je vous enverrai
quelques couvertures, et..... »

Ici Henri fut forcé de s'arrêter, à cause de l'émotion violente du malade, ex-
primée par des sanglots convulsifs, et
par toutes les marques extérieures d'une
ame au désespoir.

« Laissez-moi! laissez-moi! s'écria-t-
il enfin en se tordant les mains ; c'en est
trop... de grâce, allez-vous en.... je suis
indigne de tant de bonté. Par pitié laissez-moi. Mais que je vous voie demain...
demain, entendez-vous?..... demain, et
tous les jours, ou je serai désespéré. »

Henri hésita d'abord sur ce qu'il devait faire. Mais l'infortuné réitéra ses
instances avec tant de force pour qu'il
le quittât sur-le-champ, que Henri se

rendit à ses prières, après avoir mis la
reiller sous la tête du pauvre homme,
qui, dans ce moment, saisit tout-à-coup
sa main, la porta à ses lèvres, et lui fit
signe ensuite de s'en aller.

Henri ne put aller le voir le lendemain ; mais il envoya savoir comment
il se portait ; et la réponse fut : « Bien,
à cause du message. »

La première fois que Henri le vit, et
plusieurs fois ensuite, il le trouva calme,
quoiqu'évidemment abattu ; et, par les
questions qu'il lui fit alors, il se con-
vainquit que sa conscience était réellement chargée de quelque poids terrible ;
dès ce moment il le pressa d'envoyer
chercher le ministre de la paroisse pour
prier avec lui, et recevoir ces consolations spirituelles qu'il semblait désirer.

« Non, non, reprit-il, le ministre est
lui-même un trop grand pêcheur pour
que toutes ses exhortations me conso-
lent. Un mot de bonté de vous, un seul
mot me fait plus de bien que tout ce
qu'il pourrait dire. Et lorsque vous me

lisez la bible , et que vous me montrez
que le pécheur repentant peut être sauvé , alors je me sens soulagé , et je crois
que je pourrais faire quelque chose pour
sauver.... »

Ici il fut encore interrompu par ses
larmes , et lorsqu'il put parler, ses premiers mots furent: « De grâce , de grâce,
ne soyez jamais un jour sans me voir ,
ou sans m'envoyer de vos nouvelles !...

Henri ne voulut pas promettre de
s'assujétir à une pareille obligation. Mais
il est si naturel à l'homme bienfaisant
de saisir toutes les occasions de soula-
ger ses semblables, qu'aucune promesse
n'aurait pu engager plus fortement Henri , à venir tous les jours dans la chaumière du malade , que la certitude que
sa présence consolait l'ame du pécheur;
et il ne laissait point passer un seul jour
sans remplir tous les devoirs de la charité chrétienne à l'égard de cet être misérable et abandonné.

Dans une de ses visites, il trouva une
créature que pour le repos du malade

il eût voulu voir bien loin ; c'était la
femme de ce malheureux ; et en présence de Henri, elle le maudit mille fois,
le traita de vilain lâche, et de poltron ,
et lui demanda quand il finirait toutes
ses jérémiades. Elle était évidemment
dans l'ivresse, et Henri, révolté, ne put
s'empêcher d'abréger sa visite.

Le lendemain, cette femme fut encore
plus effrontée. Elle était encore plus
ivre que la veille, et elle sortait juste-
ment lorsque Henri arriva. En le voyant,
elle s'arrêta devant lui, et s'écriant : « Par
mon âme! voilà un bien joli garçon! »
elle se jeta à son cou, et voulut l'embras-
ser.

Plein d'horreur et d'indignation,
Henri la repoussa rudement , et cette
horrible créature s'éloigna en l'acca-
blant d'invectives et d'exécrations.

Son mari qui avait été témoin de cette
scène s'écria, lorsqu'elle fut partie, que
Dieu merci , il en était débarassé pour
quelque temps, et qu'elle allait passer
un jour ou deux à Chepstow.

Cependant elle revint le lendemain à midi, et elle était présente lorsque mistriss Evans envoya prier Henri de venir, pour exercer son influence sur son pauvre malade. La bonne veuve avait été le voir avec le médecin qui était alors rétabli, et qui avait insisté sur la nécessité de le saigner. Mais le malade n'y voulait pas consentir, déclarant qu'il haïssait la vue du sang, qu'il n'en avait déjà vu que trop; et son délire était si effrayant que mistriss Evans voulut essayer quel effet la présence de Henri produirait sur lui.

Elle l'envoya donc chercher, et Henri arriva. Mais ni ses prières, ni les exécrations de la femme qui, quoique moins ivre, était aussi emportée que les jours précédens, ne purent vaincre l'obstination du malade; il déclara que la vue du sang le tuerait; et il fallut renoncer à l'idée de le saigner.

Pendant ce temps Henri ne pouvait s'empêcher de remarquer l'attention avec laquelle la mégère l'observait, se

détournant de temps en temps pour
regarder quelque chose qu'elle tenait à
la main, et reportant ensuite ses regards
sur lui avec une expression de maligni-
té qu'il ne pouvait concevoir.

Le lendemain soir, Henri accompagna mistriss Vincent et sa fille dans une
promenade sur les bords du fleuve;
comme Anna voulait cueillir quelques
fleurs sauvages, qu'elle se proposait de
dessiner, elle s'était munie d'un vieux
journal pour les envelopper.

Comme Henri le dépliait pour y dé-
poser les fleurs, son nom frappa ses
yeux, et il vit que ce journal contenait
le détail de son évasion.

Anna le vit aussi, et s'écria : « O mon
Dieu, que je suis fâchée d'avoir apporté ce journal, car je voulais le garder.
C'est celui, maman, qui contient le récit de l'évasion de prison de ce pauvre
jeune homme, Henri Woodville. »

« En vérité ? reprit mistriss Vincent.
Oui, je me rappelle quel intérêt vous
avez toujours pris à ce malheureux; car

vous ne l'avez jamais cru coupable, il me semble? »

« Non, non, jamais ! dit vivement Anna. »

Henri tremblait à un tel point qu'il laissa tomber le papier et les fleurs qu'il tenait à la main ; et en se baissant pour les ramasser, il resta quelque temps dans cette position, afin de cacher l'émotion qu'il éprouvait. Mais il sentit que ses forces étaient près de l'abandonner, et il s'assit un moment, en donnant pour excuse qu'il avait été saisi par un étourdissement.

« C'est pour être resté trop longtemps courbé, par une chaleur semblable, M. Granville, dit mistriss Vincent avec bonté. Lorsque nous rentrerons, je vous prescrirai de prendre un peu de vin, et j'espère que vous vous soumettrez à l'ordonnance. »

Anna ne dit rien ; mais ses joues étaient aussi pâles que celles de Henri qui pourtant eut alors la force de se relever, et de continuer la promenade.

7 *

« Oui, dit mistriss Vincent, afin de
distraire Henri en portant son attention
sur un sujet intéressant, jamais je n'ai
pris autant d'intérêt à aucun procès
qu'à celui du jeune Woodville. J'avais
entendu M. Courtnay, l'un de mes amis,
parler de lui avec tant d'éloges, que je
désirais qu'il fût acquitté. Mais il fut
déclaré coupable; et réellement à mon
avis, les preuves étaient sans réplique,
et les faits incontestables. Qu'en pensez-
vous? car sans doute vous avez lu le
procès? »

« Oui, madame, répondit Henri
d'une voix mal assurée; je l'ai lu; et j'a-
voue que les présomptions qui s'élèvent
contre lui, sont les plus fortes qu'il soit
possible de voir. »

« Vous entendez, Anna? dit mistriss
Vincent. »

— « Oui, mais enfin ce ne sont que
des présomptions; et je me rappelle que
l'innocence d'un pauvre malheureux
qui avait été condamné ainsi sur des
preuves muettes, fut reconnue après

son exécution. Mais d'ailleurs, maman, M. Granville n'a pas encore dit qu'il croit le pauvre Henri Woodville coupable. »

« Non, dit Henri d'une voix ferme, quoiqu'émue, je ne le dirai jamais; car je suis sûr que Henri Woodville est aussi innocent que vous du crime qu'on lui impute. »

« Là! voyez-vous? dit Anna d'un air de triomphe. Oh! que je suis contente qu'il ait trouvé moyen de s'échapper! et vous vous rappelez, maman, que je disais toujours que j'aurais voulu que nous l'eussions connu, et qu'il fût venu nous demander un asyle; car dans notre dernière maison, il nous eût été si facile de le cacher! »

— « Il se peut; mais je pense que nous aurions eu tort de le faire. J'ai toujours cru qu'il ne fallait s'opposer en aucune manière à l'exécution de la justice. »

— « De la justice, maman! cet arrêt était-il juste? »

— « Oui, je le crains; et dans de pa-

telles circonstances, je me serais fait
un scrupule d'avoir la moindre relation
avec le coupable. »

— « Le coupable ! en vérité, je ne
puis supporter de l'entendre appeler de
la sorte, et j'espère vivement qu'en
quelque lieu qu'il soit, il ne sera jamais
découvert; car je n'ai pas de doute qu'un
jour ou l'autre son innocence ne soit
pleinement reconnue. N'êtes-vous pas
de mon avis, M. Granville?

— « Oui, j'espère, je suis même persuadé
qu'elle sera reconnue, reprit Henri d'une
voix faible, mais avec une expression si
touchante, et avec tant de sentiment,
qu'Anna se tourna vers lui, et dit au
moment où ils arrivaient à la porte de
l'hermitage: « Mon Dieu! peut-être con-
naissez-vous M. Henri Woodville? Oh!
alors, quelle peine nous avons dû vous
faire! »

Henri lui serra la main, mais ne répondit pas; et ils entrèrent dans la maison.

Mistriss Vincent en arrivant, demande une lumière, et ayant été chercher du vin, elle en apporta un verre à Henri, qui le prit d'une main tremblante; mais il continua à rester debout, quoiqu'il fût engagé à souper, et que le souper fût servi.

« Pourquoi ne vous asseyez-vous pas, M. Granville? dit Mistris Vincent, d'un ton plein de bonté, pendant que sa fille le regardait avec inquiétude. »

« Je ne saurais m'asseoir à présent, en votre présence madame, reprit Henri, en s'efforçant de rassembler tout son courage, et jamais, sans votre autorisation, je ne reparaîtrai devant vous. Vous voyez en moi cet infortuné que vous plaignez, mais que vous croyez coupable. Je suis Henri Woodville!

A ces mots il s'appuya contre la porte, et Anna, entraînée par une foule de sentimens divers, s'élançait pour le soutenir lorsqu'elle fut arrêtée par un regard sévère de sa mère qui, cependant émue elle-même de compassion, et ne pouvant oublier qu'elle lui devait la vie, se

leva aussitôt et incapable de parler ,
prit le bras de Henri, et, avec une douce violence, le fit asseoir sur une
chaise.

L'action disait beaucoup, et Henri se
sentit soulagé. Mistriss Vincent retourna alors à sa place, et appuyant sa tête
sur l'épaule de sa fille éplorée, elle donna un libre cours à ses larmes.

« Je n'aurais jamais cru, dit-elle enfin,
que rien pût affaiblir ma conviction
que M. Henri Woodville était coupable,
mais telle a été votre conduite, depuis
que nous vous connaissons, et tel est le
témoignage éloquent que votre figure
et vos manières rendent en votre faveur,
que, je vous avoue, malheureux jeune
homme, que j'ai peine à croire à présent ce qui auparavant me paraissait
une certitude. J'ajouterai seulement,
que je désire entendre de votre propre
bouche le récit de cette déplorable affaire, lorsque vous serez en état de la
raconter. »

« Je le suis à présent, madame, et,

avant que je vous quitte, vous connaî-
trez toute ma présomption, et toute
mon infortune.»

Son histoire fut longue; car il la reprit depuis l'instant où pour la première
fois il avait vu Anna. Il fit le détail de
son amour, de ses désirs et de ses espérances; et, lorsqu'il avoua avec une noble franchise, mais avec la modestie
convenable, qu'il avait différé de se déclarer, et d'écouter la voix de son cœur,
afin de hâter l'exécution du projet honorable formé par son respectable père,
mistriss Vincent, à l'émotion irrésistible que lui causa ce trait de piété filiale,
sentit qu'elle était mère; et elle reconnut
qu'il était presque impossible qu'un pareil fils eût jamais été un lâche assassin.

Anna, au premier moment, avait
commencé par appuyer sa tête sur la
table, pour cacher sa rougeur et sa confusion; mais insensiblement elle approcha sa chaise de celle de Henri, et avant
qu'il eût terminé son récit, c'était sur

le dos de sa chaise que la tête d'Anna reposait.

L'histoire de Henri toucha si vivement mistriss Vincent qu'elle l'assura qu'il ne lui restait presque plus de doutes sur son innocence. « Et, ajouta-t-elle, si le malheureux a péri de votre main, je suis sûre que vous étiez alors dans un état d'ivresse qui vous empêchait de savoir ce que vous faisiez, ou de vous le rappeler le lendemain, car autrement qui pourrait avoir commis ce crime? Pensez-vous qu'il ait mis fin lui-même à son existence? »

— « Non; mais je soupçonne fortement que l'un des garçons de l'auberge, qui le virent étaler son or, fut l'auteur de ce crime, et qu'il fut obligé de quitter précipitamment la chambre, avant d'avoir pu effectuer le vol. »

« Oui, dit vivement Anna, et si j'avais été à la place de votre avocat, j'aurais fait subir l'interrogatoire le plus rigoureux à ce témoin, dont j'ai oublié le nom, et qui avait un bandeau sur l'œil; et j'aurais essayé de découvrir depuis combien de temps son œil était enflé. »

Henri avoua qu'il avait souvent regretté depuis, que Tomms eût été le seul des garçons qu'on eût interrogé rigoureusement, parce que c'était le seul sur lequel les soupçons se fussent dirigés.

Lorsque Henri se leva pour se retirer, mistriss Vincent, que des circonstances imprévues avaient obligée à différer son voyage de dix jours, lui dit qu'elle espérait qu'il ne lui saurait pas mauvais gré de quitter sa résidence actuelle le lundi suivant, pour n'y jamais revenir, que, dans d'autres circonstances, une union avec lui comblerait les plus chers désirs qu'elle pouvait former pour le bonheur de sa fille; mais qu'à présent, il devait sentir que, comme mère, il était de son devoir de suspendre toute liaison entre eux.

« C'est aujourd'hui vendredi, ajouta mistriss Vincent; lundi je serai prête à partir; et dimanche je serai charmée de vous voir; mais il faudra que ce soit pour

la dernière fois; à moins que les circonstances ne viennent à changer. »

Le cœur de Henri pouvait appeler
de cette décision, mais son jugement ne
le pouvait pas; et lorsque Anna avec
une ingénuité qui la lui rendait encore
plus chère, lui eut avoué que, s'il était
dans une position à demander sa main,
elle ne balancerait pas à la lui accorder,
il se trouva en s'en allant plus heureux
qu'il ne pouvait s'attendre à l'être: Il
n'avait plus d'ailleurs besoin d'avoir re-
cours à tous ces vains artifices, qu'il
avait toujours détestés; et il avait la noble satisfaction de savoir, qu'en avouant
qui il était, au risque de perdre l'amitié
de mistriss Vincent, et de se faire défen-
dre l'entrée de sa maison, il avait fait
le sacrifice honorable de son bonheur à
sa sincérité.

Cependant, lorsqu'il se leva le lendemain matin, il se rappela avec douleur
qu'il ne pouvait plus donner ses leçons
ordinaires, et son abattement était si
grand, qu'il dit en lui-même, « je ne

sortirai pas aujourd'hui. » Mais sans qu'il s'en doutât, la véritable raison qui le faisait rester, était l'espoir d'apercevoir Anna, ou peut-être même d'obtenir un regard.

De toute la journée, il ne quitta pas la fenêtre de sa chambre. Il n'alla pas même voir son pauvre malade; mais mistriss Evans promit de le remplacer, et de dire qu'il lui avait été impossible de sortir.

Henri passa le lendemain, qui était le samedi, de la même manière, toujours aux aguets derrière son rideau; et comme il pensait que mistriss Evans irait voir le malheureux souffrant, il ne lui envoya personne, ce qu'autrement il n'eût pas manqué de faire.

Mais mistriss Evans ne sortit pas non plus; et lorsque Henri, certain de ne pouvoir plus voir Anna à sa porte ni à sa fenêtre, venait de fermer ses rideaux, et de se jeter sur un sopha, pour goûter, s'il était possible, un instant de repos, il vit tout-à-coup entrer mistriss Evans,

qui le supplia de descendre sur-le-champ
pour calmer le pauvre homme qui était
en bas, et qui voulait le voir absolument,
disant que, s'il ne le voyait pas, il en
conclueraite qu'il lui était arrivé quelque
malheur.

Henri se leva aussitôt et descendit. A
sa vue l'infortuné joignit ses mains dans
un transport de joie, et s'écriant : « Dieu
soit loué ! Dieu soit loué ! » il disparut
avant que Henri eût pu lui faire une
seule question.

Henri avait été si agité toute la nuit
qu'il n'avait pu s'assoupir que le matin,
de sorte qu'il avait à peine fini de déjeûner, lorsque la cloche appela les fidèles
à l'église. Comme mistriss Vincent lui
avait promis de le recevoir chez elle le
dimanche, il ne se fit pas un scrupule
d'aller entendre le service divin, quoiqu'il fût sûr de l'y rencontrer ainsi que
Anna ; car il lui eût été impossible de ne
pas profiter de cette dernière occasion
de prier avec celle qui possédait son
cœur.

Henri prit donc le chemin de l'église, et sous le portique, il vit l'odieuse femme de son pauvre malade, qui le regarda d'un air malin et sournois, et qui fit claquer ses doigts d'un air de triomphe, lorsqu'il passa devant elle.

Après que le service fut commencé, deux hommes, qui ne paraissaient pas être du village, et dont la figure avait une expression singulière, vinrent se placer à l'entrée du banc que Henri occupait. Henri voyant qu'ils restaient debout, eût l'honnêteté de leur en ouvrir la porte, en les priant d'y prendre place, ils acceptèrent son offre, et ils ne tardèrent pas à l'embarrasser par la manière dont ils l'examinaient, et se parlaient ensuite tout bas.

Henri finit par concevoir des craintes qu'il ne lui était pas possible de dissiper, mais il se recommanda fortement à son Dieu ; et lorsque le service fut terminé, il sentit qu'il était armé contre tous les malheurs qui pouvaient lui arriver.

Il alla rejoindre alors mistriss Vincent

et Anna, dont l'œil épiait tous les mou-vemens de ces deux hommes qui lui donnaient aussi de l'inquiétude, et qui vit avec alarme qu'ils continuaient à sui-vre Henri de près.

Au moment où ils sortaient de l'église les deux hommes passèrent devant Henri et se retournant tout-à-coup, ils le sai-sirent chacun par un bras, et lui mon-trèrent le mandat d'arrêt dont ils étaient porteurs.

« Pour qui me prenez-vous? demanda Henri.

— « Pour Henri Woodville, prison-nier échappé de la prison d'Abingdon, et condamné à mort pour crime d'as-sassinat. »

« Je suis Henri Woodville, et je suis prêt à vous suivre. Mais remarquez bien, vous tous qui êtes ici présens, que je dé-clare à la face du ciel, que je suis inno-cent du crime qu'on m'impute, aussi in-nocent qu'aucun de vous. »

« Allons, venez. Ce sont des chansons

auxquelles nous sommes habitués, reprit l'un des hommes.

« Nous avons une charrette qui nous attend, dit l'autre; il faut aller la rejoindre. »

Pendant ce temps, Henri n'avait pas osé regarder du côté de mistriss Vincent et d'Anna; mais alors, dans une agonie que des paroles ne sauraient exprimer, il se retourna pour leur dire un dernier adieu, et vit, oh! ciel, il vit la dernière étendue sans connaissance entre les bras de sa malheureuse mère.

A ce spectacle il repoussa rudement les deux hommes qui se préparaient à lui mettre les menottes; et saisissant la main de Anna, il la pressa mille fois contre ses lèvres.

« Vous feriez mieux de vous éloigner avant qu'elle ne reprenne connaissance, mon cher Henri, dit mistriss Vincent d'une voix entrecoupée de sanglots; adieu! puisse Dieu vous secourir comme vous le méritez! »

Anna donna dans ce moment quelques signes de vie, et Henri, étant saisi de nouveau par les hommes impatiens, qui étaient des constables d'Abingdon, baisa sa main insensible, et celle de sa mère au désespoir, et disparut.

Lorsque Henri fut arrivé à l'endroit où attendait la charrette, on lui mit les fers aux pieds; et ainsi enchaîné, il fut placé entre les deux hommes, et transporté à bord d'un paquebot sur lequel il devait traverser la Saverne, pour retourner dans la prison d'où il s'était échappé. Pendant ce temps, mistriss Vincent et sa fille étaient dans un état plus facile à imaginer qu'à décrire; mais elles avaient du moins la consolation d'avoir rendu la douleur de Henri moins amère, en l'assurant qu'elles ne le croyaient pas coupable du crime pour lequel il allait être exécuté.

Lorsque le soir vint, le pauvre malade, attendit, suivant son usage, avec impatience l'arrivée de Henri, qui ne

manquait jamais de le venir voir le dimanche soir, et de lui lire les prières du
jour.

Mais il attendit inutilement ; et quoiqu'il fût presque hors d'état de marcher,
et même de se tenir debout , il était
sur le point de chercher à se traîner jusques chez mistriss Evans, lorsque sa
femme, à moitié ivre, entra dans la
chaumière, et le regarda d'un air de joie
et de triomphe.

«.Voyez-vous venir M. Granville? demanda le pauvre homme. »

« Oui, M. Granville! reprit la mégère;
ce maudit hypocrite qui est parvenu
à faire de vous une poule mouillée avec
ses oraisons et ses prières ! non, non ,
je ne le vois pas venir, et vous ne le re-
verrez jamais ? »

— « Je ne le reverrai plus! que voulez-vous dire ? »

— « Ce que je veux dire? que j'ai su
tirer quelque chose de bon de ce vau-
rien-là à la fin ; car j'ai découvert qui il
était..... Eh! bien, pourquoi tremblez-

vous donc comme cela, et paraissez-vous si effarouché, avant de savoir ce que j'ai à vous dire? »

Le malheureux ne répondit rien, et elle continua : « Oui, j'ai découvert par son signalement que ce devait être cet Henri Woodville qui s'est échappé de prison. Et j'ai écrit une lettre aux magistrats d'Abingdon, et ils ont envoyé deux hommes qui l'ont emmené; et je recevrai la récompense, et il sera pendu! Oui, je lui ai fait son affaire. »

« Alors vous avez fait la mienne aussi! s'écria le pauvre infirme. « Emmené! conduit en prison, et près d'être pendu au lieu de.... Lui pendu! lui! si bon! si généreux....! »

Alors il retomba sur l'oreiller que Henri lui avait donné, en poussant des cris lugubres; et sa femme, déclarant qu'elle ne voulait pas rester en si mauvaise compagnie, le laissa seul, livré à son désespoir.

Dès qu'elle fut partie, il se leva et s'habilla; la ferme et vertueuse résolution qu'il venait de former, lui donnant une espèce de force surnaturelle, dans l'état d'épuisement où il se trouvait réduit. Il courut alors vers la Saverne avec toute la vitesse que ses jambes tremblantes pouvaient lui permettre, et il arriva au moment où le second paquebot allait partir. Il y entra aussitôt, et fut bientôt débarqué sur l'autre rive.

Mais comment continuer sa route? pendant qu'il réfléchissait sur ce qu'il avait de mieux à faire, passe un paysan dans une petite cariole traînée par un bon cheval. Le paysan, lui voyant un air pâle et malade, lui demande s'il veut monter. Le pauvre malheureux accepte avec joie, et se trouve bientôt à quelques milles au-delà de Bristol sur la route d'Abingdon ; mais, pendant le chemin il tint des discours si étranges, s'accusant d'un crime terrible, disant que c'était lui qui était le coupable, que le paysan le crut fou, et saisit un prétexte pour le faire descendre de sa cariole, et le laisser sur la route.

Cette conduite occasionna véritablement le délire qui auparavant n'existait
qu'en apparence ; il fut ramassé sur la
route poussant des espèces de hurlemens
sauvages, et fut transporté dans une
auberge voisine.

Lorsqu'il fut un peu revenu à lui-
même, il demanda en grace qu'on cou-
rût après Henri Woodville, et après les
hommes qui l'emmenaient en prison,
qu'on déclarât que c'était lui qui avait
commis le crime, lui qui devait être exécuté ; mais ceux qui l'entouraient attri-
buèrent ces propos au délire, et le for-
cèrent à prendre une potion calmante
qui jointe à l'effet de la fatigue et de l'é-
puisement, l'assoupit aussitôt, et il tomba
dans un profond sommeil qui dura plusieurs heures.

Lorsqu'il s'éveilla, il demanda si l'on
avait couru après Henri Woodville,
comme il l'avait dit. Apprenant qu'on ne
l'avait pas fait, il s'élança aussitôt hors
du lit sur lequel on l'avait déposé, et l'œil
hagard, les joues en feu, respirant à

peine, il descendit précipitamment, et conjura quelqu'un pour l'amour de Dieu de partir à l'instant même pour Abingdon.

A la porte était un équipage; le particulier à qui il appartenait donnait au moment même l'ordre de mettre sur-le-champ quatre chevaux à la voiture. Le garçon d'auberge cria aussitôt : « Quatre chevaux pour monsieur le grand-shériff du comté de Berks. »

Everett (car c'était lui, comme mes lecteurs l'ont deviné depuis long-temps) regarda attentivement M. Irwin, le grand-shériff, et enhardi par le regard de bienveillance que celui-ci jeta sur lui, il lui saisit le bras, et demanda à lui parler en particulier.

M. Irwin y consentit; à peine la porte était-elle fermée, qu'Everett, tombant à genoux, s'écria : « Vous voyez devant vous un assassin. Un innocent va périr à ma place, si je n'arrive pas à Abingdon assez à temps pour le sauver. Par pitié, laissez-moi monter sur l'im-

périale de votre voiture; et fournissez-
moi les moyens d'arriver le plutôt possible! oh! exaucez la prière d'un pécheur
repentant, et qu'un ange tel que lui, ne
meure pas pour un démon tel que
moi! »

Les regards, le ton, les manières du
suppliant, attestaient si éloquemment
la vérité de ce qu'il disait, que M. Irwin
n'hésita pas un instant sur la conduite
qu'il devait tenir; et ce fût un grand
bonheur qu'Everett eût rencontré un
homme qui ne voyait jamais une bonne
action à faire, sans en saisir l'occasion.

Au bout de quelques minutes, M. Irwin était donc dans sa voiture, avec
Everett à côté de lui. Il eut la précau-
tion, craignant que le malheureux n'eût
plus que quelques instans à vivre, de
prendre avec lui une plume et du papier; et, pendant la route, il écrivit
la déposition d'Everett, entremê-
lée des témoignages les plus vifs de
sa reconnaissance pour Henri, qui se
doutait peu, lorsqu'il s'efforçait d'adou-

cir la misère d'un de ses semblables, qu'il secourait l'homme qui avait causé tous ses malheurs, et que s'il perdait la vie, du moins, grace à cet acte de bienfaisance, sa réputation serait rétablie après sa mort.

Je n'ai pas besoin de dire que M. Irwin résolut de conduire lui-même Everett jusqu'à Abingdon, quoique ses affaires l'appelassent alors à Londres, et qu'après ce qu'il avait entendu, il prenait le plus vif intérêt au sort du malheureux Henri, et brûlait d'arriver à temps pour le sauver. Son impatience augmenta encore, lorsqu'il apprit que les deux constables et le prisonnier avaient près d'un jour d'avance sur eux.

Quoiqu'ils eussent voyagé presque toute la nuit, la pluie qui depuis le matin n'avait pas cessé de tomber, et l'impossibilité de trouver des chevaux, lorsqu'ils en auraient eu le plus grand besoin, les retardèrent à un tel point que M. Irwin fit tout son possible pour trouver un exprès qui partît sur-le-champ au grand galop, afin de porter un ordre de sa part pour suspendre l'exécution jusqu'à son arrivée. Mais ses efforts furent inutiles.

Pendant ce temps Henri était arrivé à Abingdon, et il apprit que le shériff de la ville avait décidé que l'exécution aurait lieu le plus tôt possible ; car c'était un parent et un ami de Bradford, et il était impatient de voir périr le meurtrier de son cousin.

Dans le premier moment, Henri avait été si étourdi par la force du nouveau coup qu'il venait de recevoir au moment où il croyait n'avoir plus rien à craindre, qu'il avait pris le désespoir pour de la résignation ; mais à présent qu'il voyait approcher rapidement l'heure fatale, et sans que cette fois-ci rien pût la retarder, il s'abandonna à une douleur que jusqu'alors il n'avait jamais éprouvée ; il sentit combien il était douloureux d'avoir à se séparer non-

seulement de sa famille , et de ses amis ,
mais encore de l'objet qui lui était devenu plus cher que la vie elle-même.

« Et je mourrai sans voir aucun des
objets les plus chers à ma tendresse ! je
mourrai sans *la* voir encore une fois ,
sans en recevoir un seul mot, un seul regard d'adieu !

Tant que ces regrets tinrent la première place dans son cœur , il résolut
de présenter une pétition pour obtenir
un sursis de quelques jours ; mais lorsqu'il se rappela ce que son ami et son
père avaient souffert la première fois
dans de pareilles circonstances , et ce
que souffrirait Anna dans un moment
aussi douloureux , il étouffa ce mouvement d'égoïsme, et résolut de faire seulement par écrit ses derniers adieux à
ces êtres bien-aimés.

A peine avait-il rempli ce dernier devoir , et tracé quelques lignes qu'il avait
bien des fois baignées de ses larmes ,
qu'on vint lui dire que la charrette fatale
l'attendait, et qu'il fallait partir à l'instant.

Cependant le grand-shériff et son compagnon respirant à peine, approchaient d'Abingdon avec toute la rapidité que pouvaient avoir de mauvais chevaux de poste épuisés de fatigue, et ils passèrent la nuit la plus cruelle dans une horrible incertitude, tremblans de ne pouvoir arriver à temps. A la fin, au moment où neuf heures sonnaient, ils entrèrent dans la ville, et virent une foule de peuple assemblé devant la prison.

« O père de miséricorde, fais ensorte que nous n'arrivions pas trop tard! » s'écria M. Irwin ; tandis qu'Everett adressait intérieurement la même prière que son état d'épuisement ne lui permettait pas de prononcer.

Cependant, l'instant d'après, ils aperçurent l'exécuteur de la haute justice, qui se préparait à faire son devoir, et Henri qui, d'un air calme et résigné, attendait le moment fatal.

« Arrêtez, arrêtez! » cria M. Irwin, en agitant son mouchoir par la portière; mais encore trop loin pour être en-

tendu ; et de l'autre côté Everett agitait
aussi vainement sa main livide et dé-
charnée.

Mais à la fin la livrée du grand shériff et sa voiture furent reconnues, et
comme il continuait à agiter son mouchoir, pendant que la voiture approchait de l'échafaud, la foule ne douta
pas qu'il n'apportât la grâce du criminel,
et les cris de « Grace ! grace ! le grand-
shériff ! » retentirent au même instant
dans les airs.

La foule s'ouvrit aussitôt pour laisser
passer la voiture qui s'arrêta à côté de la
charrette qui avait amené Henri Woodville ; et M. Irwin, soutenant Everett par
le bras, monta sur l'échafaud avec lui.

Dès que Henri vit Everett qui étendait
ses bras vers lui d'un air de compassion,
il vint à sa rencontre, malgré les chaînes
dont il était chargé.

« C'est moi.... c'est moi qui ai tué
Bradford ! Je suis le véritable assassin !»
s'écria Everett en se tournant vers la
multitude attentive ; alors se jetant aux

pieds de Henri sur lesquels il s'efforçait
d'imprimer ses lèvres glacées, et mur-
murant d'une voix éteinte : « ô le meilleur des hommes, pardonnez-moi ! » Il
tomba sans connaissance sur l'échafaud.

Henri, assailli par une foule d'émotions
différentes, fut hors d'état de le secourir,
et pendant un instant, il ne vit même
rien de ce qui se passait autour de lui.
Cependant il reprit bientôt connaissance,
et ce fut pour adresser ses actions de
graces à celui qui l'avait si visiblement
protégé. Cependant tous les efforts
furent inutiles pour ranimer Everett
coupable, mais repentant. Son ame s'était
échappée avec l'aveu qu'il avait eu le
courage de faire.

« Grâce à Dieu ; dit Henri, en jetant
les yeux sur cet infortuné, il est mort
en accomplissant une action juste et
vertueuse ; et puisse-t-elle lui mériter
son pardon ? »

M. Irwin s'avança alors sur le bord
de l'échafaud, et demanda à lire à haute
voix la déposition d'Everett. Il le fit,

n'omettant pas la déclaration faite par le malheureux, que la résolution de se sacrifier pour sauver Henri, lui avait été inspirée par la reconnaissance pour toutes les bontés que Henri avait eues pour lui, lorsqu'il était souffrant et malade.

A peine M. Irwin avait-il cessé de parler, que l'air retentit des plus vives acclamations, et le peuple se pressait autour de l'échafaud pour voir Henri Woodville qui avait été si près d'être la victime d'un arrêt injuste, et pour proclamer le triomphe de l'innocence.

M. Irwin conduisit alors Henri à sa voiture. A peine y furent-ils montés que les chevaux furent dételés en un instant, et la voiture fut traînée en triomphe par le peuple jusqu'à la principale auberge de la ville. Ce ne fut pas encore assez pour satisfaire la multitude, et il fallut que Henri se montrât à la fenêtre, aux acclamations redoublées des spectateurs.

Pendant que Henri se prêtait à regret

à ces témoignages d'enthousiasme ; et
que M. Irwin jetait des poignées d'argent
par la fenêtre, afin de disperser la foule,
qui au contraire semblait augmenter
encore, une chaise de poste s'arrêta à
la porte de l'auberge, et une dame passa
la tête par la portière. A la vue de Henri
qui saluait la multitude d'un air attendri,
elle jeta un cri, et se cacha dans la voiture. Mais Henri l'avait reconnue, et
avec la rapidité de l'éclair, il descendit,
ouvrit la portière de la voiture, et reçut
Anna dans ses bras. Toute explication
était inutile. Henri était libre, Henri
était l'objet des acclamations du peuple;
son innocence avait donc enfin été reconnue !

Pourquoi prolonger plus long-temps
ce récit ? Ai-je besoin de dire qu'après
tant de traverses, Henri trouva enfin le
bonheur ? et qu'en pressant sur son
cœur son père et son ami M. Courtnay,
qui arrivèrent quelques heures après à
Abingdon, il se trouva bien payé de toutes ses peines, et reçut la récompense,

tardive mais bien douce, de sa piété filiale et de ses vertus?

Cet heureux événement ne fut pas seulement la source du bonheur de Henri qui eut encore la satisfaction de voir assurer celui de sa sœur ; car M. Harcourt, donna alors avec joie son consentement au mariage de son fils avec Elisabeth, et le jour qui les unit, unit aussi Henri Woodville à Anna Vincent.

FIN DE HENRI WOODVILLE.

LE BAL.

« Combien il est heureux pour moi,
avec mon caractère impatient, dit
Ronald Breadalbane au général Monthermer, pendant qu'ils voyageaient ensemble de Portsmouth à Londres, de
vous avoir pour compagnon de voyage
pour charmer l'ennui de la route ! »

« Je puis dire la même chose avec non
moins de sincérité, reprit le général; car
après une résidence de plus de seize ans
dans les Indes, mon impatience d'arriver
à Londres, et d'y terminer promptement
mes affaires, pour courir ensuite dans ma
ville natale, est au moins égale à la
vôtre. »

« Oui ! reprit l'enthousiaste Breadalbane, qui était beaucoup plus jeune que
le général ; mais mon pays natal, ma
chère Ecosse est une contrée si ravis-
sante ! ô ma patrie, terre de montagnes
et de vallées ! terre de la beauté, et du
courage, du génie et de l'harmonie !

terre de l'hospitalité et de la bienfaisance, je te rapporte un cœur qui n'est pas changé ! je reviens avec la conviction que sur le globe habitable il n'est rien qui te ressemble ! »

Le général Monthermer, qui lui-même aimait trop son pays pour ne pas excuser un excès d'orgueil national dans les autres, répondit avec un sourire de bienveillance : « Je conviens sans peine de la vérité de ce que vous dites sur l'Écosse ; car j'ai contemplé moi-même avec autant d'admiration que de surprise la beauté de ses habitantes ; j'ai été frappé de l'éloquence de ses orateurs ; j'ai écouté avec délices la douceur de ses mélodies, et j'ai lu, avec des transports toujours nouveaux, les ouvrages de ses poètes et de ses écrivains. Le souvenir de son hospitalité est aussi gravé à jamais dans mon cœur. Quiconque a jamais vu la capitale de votre pays, Breadalbane, et y a reçu cet accueil cordial qui la caractérise, doit se le rappeler jusqu'à la fin de

sa vie avec autant de plaisir que de reconnaissance, et soupirer après le bonheur de revoir Edimbourg! »

« Grand merci, grand merci, cher général, » s'écria le bon Ecossais, en lui serrant
vivement la main. Que j'aie donc quelque
jour le plaisir de vous y recevoir. »

« Mais, dites-moi, reprit le général
en riant, ne pourriez-vous pas en retour
accorder quelque éloge à la pauvre Angleterre? »

— « Oh! beaucoup, beaucoup; mais il
suffit de dire, pour son éloge, que
parmi les nombreuses obligations que
lui a le monde, il ne faut pas oublier
celle dont il lui est redevable pour avoir
produit un général Monthermer. »

« Vous me faites rougir, Breadalbane,
reprit le général; et je ne sais comment
vous exprimer ma reconnaissance pour
des éloges.... »

— « Je vais vous le dire. Venez me
voir dans mes chères montagnes, et que
je puisse vous présenter à ma famille et

à mes amis. C'est un site si enchanteur !
non, je n'y puis penser, sans verser des
larmes de joie. Ses rochers, les collines,
le lac....! Oh! ne me prenez pas pour une
tête folle et romanesque, si j'avoue que
je plains quiconque n'est pas né dans un
pays montagneux. Je crois qu'il n'est pas
possible de s'attacher autant à un pays
plat , et sans beautés pittoresques. Je ne
sais si l'affection que nous portons à
nos amis ne prend pas une nouvelle
force, lorsque nous associons leur image
à celle d'un pays ravissant , et.... vous
riez, général , et je suis sûr que vous
croyez être tout aussi impatient de voir
vos parens et vos amis dans le pays plat
qu'ils habitent , que je le suis de revoir
les miens et mon amante chérie , dans
une contrée où la nature s'est plue à
déployer tous ses charmes. »

« Si je le crois! reprit le général, avec
un soupir. Des parens! hélas ! je n'ai plus
qu'un frère, ajouta-t-il en passant la
main sur ses yeux. Tous les autres sont
morts pendant mon absence. »

— « Mais j'espère qu'ils ont vécu assez long-temps pour apprendre vos succès, et la grande fortune que vous avez acquise ? »

— « Oui, et j'ai même eu le plaisir d'améliorer leur sort. Notre famille avait beaucoup perdu de son ancienne opulence; mais j'espère maintenant lui rendre tout son lustre ; et j'ai la satisfaction de savoir, qu'avant de mourir, mes parens avaient repris le rang que leurs ancêtres avaient tenu dans le monde. »

— « Heureux , heureux Monthermer ! »

— « Oui, je suis heureux, je l'avoue; et croyez-moi, mon bonheur est tout aussi grand que si j'étais né sur une montagne d'Ecosse. Les affections sont entièrement indépendantes des lieux. Si, à votre retour, vous trouviez vos parens morts, votre maîtresse infidèle, et vos amis exilés, croyez-vous que la vue de vos montagnes vous causât un plaisir bien vif? »

— « Peut-être moins vif, je l'avoue; mais cependant.... »

— « Allons, je vois que vous voulez soutenir votre opinion, et je ne chercherai pas à la combattre plus longtemps. Mais je n'en suis pas moins convaincu que si je trouve mes amis toujours fidèles et affectionnés, je serai tout aussi heureux au milieu des plaines nues et découvertes de mon pays natal, que vous au milieu de vos montagnes pittoresques. »

« Quoique vous puissiez dire, reprit Breadalbane, je n'en bénis pas moins le ciel de m'avoir fait naître habitant des montagnes. »

« Je le bénis, reprit Monthermer, de m'avoir donné des amis, de m'avoir conservé des objets chers à ma tendresse, et dont l'affection embellirait à mes yeux les déserts les plus stériles. »

A la fin, les voyageurs arrivèrent à Londres, et après y avoir terminé leurs affaires, Breadalbane partit pour l'Ecosse, et le général pour la province d'Angleterre où il était né; mais ils ne se séparèrent qu'après s'être promis de cultiver, par lettres, cette connaissance qui avait commencé dans l'Inde, et qu'un voyage de long cours fait sur le même vaisseau avait portée jusqu'à l'intimité.

Le deuxième jour de son voyage, le général Monthermer aperçut son pays natal dont il voyait les clochers s'élever, à plusieurs milles devant lui, sur l'horizon en feu formé par le soleil couchant.

« Voilà un avantage que j'ai sur Breadalbane, dit le général en lui-même, pendant que son cœur battait, à la vue de ces lieux pleins de souvenirs. Habitant d'un pays plat, je puis apercevoir plutôt que lui ma ville natale. Pauvre jeune homme! quelle est son erreur! il va revoir de plus proches parens qu'il ne m'en reste : mais son cœur peut-il battre plus fortement que le mien, en

pensant qu'il approche des amis de son
enfance ? »

Enfin le général dit aux postillons de
tourner à droite, et de prendre un sen-
tier qui conduisait à une grille qu'on
apercevait de la route : lorsqu'il y fut arrivé, il descendit de voiture, et dit aux
postillons de l'attendre dans cet endroit.

Cette grille conduisait au cimetière
dans lequel étaient déposés les restes du
père et de la mère du général Monther-
mier ; et où, jusqu'à son retour il avait
demandé qu'une simple pierre marquât
l'endroit où ils reposaient. Ce fut vers
cet endroit qu'il dirigea ses pas, et il s'a-
genouilla sur leur tombe pour leur offrir
le tribut de son affection et de ses regrets.
Les larmes qu'il versait sur la pierre insensible n'étaient pas cependant sans
quelque douceur ; il se rappelait qu'il
avait eu la satisfaction de semer quelques
fleurs sur le déclin de leurs jours, en leur
assurant une grande partie de sa fortune,

et que leur cœur avait plusieurs fois
tressailli au récit de ses exploits mili-
taires.

« Il me reste encore un devoir à remplir envers eux, dit-il en lui même, j'é-
leverai ici un monument à leur mémoire ; » et alors il reprit lentement le
chemin de la grille.

« Oh ! c'est M. George, c'est M.
George Monthermer! s'écria une voix
derrière lui. Soyez le bien-venu , mille
fois le bien-venu dans la bonne Angleterre! que je suis heureuse d'être la première à saluer votre honneur! »

Monthermer se retourna , et vit une
femme couverte de haillons , qui, avec
un tablier de couleur tout déchiré, es-
suyait les pleurs qui s'échappaient de ses
yeux.

« Je vous remercie, ma bonne femme
dit-il en s'arrêtant, et en la regardant
avec attention ; je vous remercie ; mais
je ne vous reconnais pas, et je suis surpris
que vous me reconnaissiez. »

Moi, ne pas vous reconnaître! moi,

pour qui vous avez toujours eu tant de
bontés ! non, non, votre honneur, vos
traits sont toujours restés gravés là. Hélas! les temps ont bien changé pour moi,
et pour beaucoup d'autres, depuis le
départ de votre honneur. Avez-vous tout-
à-fait oublié Lucy Simmons ? »

— « Lucy ! ma bonne femme , est-ce
vous? dit le général d'un ton plein de
bonté ; vous que j'avais laissée si bien
établie ? je m'étonne que personne ne
m'ait instruit de la position où vous vous
trouvez? mais, allons, asseyez-vous sur
cette pierre, et apprenez-moi quels
changemens je dois m'attendre à trouver dans ma ville natale; à présent que
je suis arrivé, vous savez que je ne souf-
frirai pas qu'il vous manque jamais
rien. »

Le cœur de la pauvre Lucy était encore
trop plein pour qu'elle pût répondre
sur-le-champ ; mais lorsque son émotion fut un peu calmée, elle répondit
aux questions de Monthermer, et les
prévint même quelquefois.

V.   9

« Oui, ... elle, lorsqu'il est
mort sans me laisser un sou, et que
... avais cinq enfans à nourrir, les temps
auraient été bien durs pour moi, sans
les bontés de miss Marianne Trelawney.

— Comment! s'écria le général, je
croyais que M. Trelawney avait ...
toute sa fortune personnelle, ...
était mort insolvable, et que les biens
patrimoniaux étaient passés à l'héritier
mâle, ses filles devaient avoir à peine
de quoi subsister? »

— « Hélas! il n'est que trop vrai,
monsieur, mais, voyez-vous ...
Marianne n'eût-elle qu'une guinée au
monde, elle la partagerait avec ceux qui
sont dans le besoin. D'ailleurs, elles ne
sont pas absolument sans ressources,
et miss Marianne serait même ...
assez à son aise sans sa sœur qui, comme vous savez, était une beauté. Aussi
... l'enfant gâtée, son père et ...
... se prêtaient à tous ses caprices,
et lui donnaient tout ce qu'elle ...
Eh! bien à présent, c'est encore vous

de même, il faut que sa sœur lui achète tout plein de belles choses; enfin, comme je vous disais, elle la gâte aussi ; miss Marianne tient à présent une petite école. »

« Une école! s'écria le général. Marianne Trelawney tenir une école!

— « Oui, dans la journée, elle donne des leçons aux enfans de ceux qui ont le moyen de payer, et le soir, deux fois par semaine, elle instruit les enfans des pauvres par charité, et les miens sont de ce nombre. C'est un bien grand bonheur pour moi, monsieur, outre que je suis encore chargée de toutes ses petites commissions, et qu'elle nous donne de la soupe de temps en temps. Mais mon Dieu, comme elle et sa sœur vont être contentes de vous revoir. »

— « Où demeurent-elles? »

Lucy le lui dit, et il rougit en apprenant qu'elles occupaient l'une des plus petites maisons de la ville.

« Vous êtes attendu, monsieur, comme vous savez, ajouta-t-elle ; et votre maison est prête pour vous recevoir. »

— « On ne m'attendait pourtant pas sitôt . n'est-ce pas ? »

— « Non, pas d'ici à quelques jours. Bon Dieu, comme votre honneur va trouver tout changé! Vous savez bien les Aislabies qui avaient coutume de lever la tête si haut? Eh! bien ils la baissent à présent, et bien bas, je vous assure ; car ils n'ont plus rien. Et puis les Bensons qui habitaient ce beau château, tout près du vôtre ; ils vivent à présent dans un petit trou de maison , qui n'est pas plus grand qu'une chaumière. »

« En vérité! dit le général, d'un air distrait et rêveur ; mais, dites-moi, mon frère et ma belle-sœur sont-ils ici à présent?

— « Non, monsieur ; ils sont partis il y a huit jours pour leur maison de campagne. »

Dans ce moment une décharge de mousqueterie se fit entendre dans le lointain.

« Quel est ce bruit? dit le général ; on
tire des coups de fusil? »

— « Oh! mon Dieu, oui et moi qui
oubliais de vous dire...... c'est en votre
honneur, voyez-vous. »

— « En mon honneur. »

— « Oui ; l'un des représentans de
cette ville vient de mourir, et vous avez
été proposé aussitôt pour le remplacer
au parlement. Oh! tout le monde est si
content! Vous êtes bien sûr d'être nommé, je vous en réponds. »

« Moi! répondit le général, vivement
touché de cette preuve de l'estime de
ses concitoyens; et mon frère l'a-t-il
su? »

« Non, monsieur; mais j'ai entendu
dire qu'on lui a envoyé un exprès, et je
crois qu'il est attendu ici demain. »

« C'est bien, reprit-il. Mais allons, il
faut que je m'en aille; car il commence
à faire froid. »

« Oh! oui, dit Lucy; entrez vite dans
la ville; ils seront enchantés de vous voir,
car ils vous reconnaîtront tout de suite,

j'en suis sûre; et ils vous porteront en triomphe jusqu'à votre maison. »

« Ils ne le feront pas, non certainement ils ne le feront pas, dit le général; et écoutez bien, Lucy, si vous faites cas de mon amitié, ayez soin de tenir mon arrivée secrète jusqu'à demain. »

Lucy dit que c'était lui imposer une obligation bien pénible, d'autant plus que tout le monde serait si charmé de savoir que son honneur était arrivé; mais si c'est un faire le faut, ajouta-t-elle, oh! dès-lors, tout est dit. »

Monthermer lui glissa alors quelque argent dans la main; et disant aux postillons d'aller l'attendre à la principale auberge, et surtout d'avoir soin de ne le nommer à personne, il dit bon soir à Lucy, et se cachant la figure avec son mouchoir, il se dirigea à pied vers la ville.

« Ainsi donc, je vais représenter ma ville natale! dit-il en lui même. Oh! que mes parens n'ont-ils assez vécu pour voir ce beau jour! Combien ils auraient

été charmés de me voir entrer au parlement, sans que j'eusse même sollicité
cet honneur!

Il doubla alors le pas pour dissiper ces
tristes réflexions, et se soustraire en quelque sorte à l'amertume de ses regrets.

« Ainsi donc mon frère et sa famille
ne sont pas ici à présent! Eh bien donc,
je puis commencer par aller faire une
visite aux miss Trelawney ». Et quelques momens après, il se trouva devant
leur maison et frappa à la porte.

Au lieu des laquais poudrés qui autrefois venaient la lui ouvrir, lorsqu'il allait
voir cette famille, il vit accourir une
petite servante qui lui dit que ses maî-
tresses étaient chez elles, et que s'il
voulait entrer dans le parloir, elle irait
les avertir. « Votre nom, Monsieur, s'il
vous plaît? »

« Dites que c'est un ancien ami qui
désire les voir, reprit Mouthermer,
d'une voix faible et tremblante, mais
qui pourtant fut reconnue aussitôt par
Marianne Trelawney. »

« Oh! c'est lui! c'est George Monthermer! s'écria-t-elle, et oubliant
qu'elle n'était point habillée, et qu'elle
avait les doigts remplis de farine, car
elle faisait alors de la pâtisserie pour le
lendemain, elle courut de la cuisine
dans le parloir. Mais lorsqu'elle vit
Monthermer, elle ne put prononcer un
seul mot pour le féliciter de son heureuse arrivée en Angleterre, et elle reçut
son embrassement en silence et en
tremblant. La servante apporta alors
des lumières, et Marianne retrouva assez
de force pour lui dire d'annoncer à sa
sœur que le général Monthermer était
là. »

Miss Trelawney le savait déjà; mais
elle ne pouvait songer à paraître, avant
d'avoir fait au moins un peu de toilette,
et d'avoir ranimé les roses fanées de ses
joues ; car elle se rappelait que lorsque
M. Monthermer était parti, elle avait
une réputation de beauté qu'elle était
bien aise de soutenir encore.

Pendant ce temps, le général et Marianne se parlaient à peine; car tous deux étaient absorbés dans leurs pensées. Tous deux songeaient au changement survenu dans la fortune de la dernière, et à ses parens et ses amis, morts, ruinés ou dispersés depuis qu'ils ne s'étaient vus. Enfin Marianne rompit la première le silence en disant : « Notre sort est bien changé à présent! »

« Bah! dit le général en lui prenant tendrement la main, ne parlez pas de cela, ne parlez pas de cela. Vous n'êtes pas changée! vous paraissez en vérité tout aussi jeune que lorsque nous nous sommes quittés, Marianne. Les traits peuvent changer, mais jamais l'expression qui les anime. »

« Si je trouve peu de changement dans votre figure, j'en trouve dans vos manières, reprit Marianne en souriant au milieu de ses pleurs ; car vous êtes devenu flatteur, général. »

— « Général! appelez-moi toujours Monthermer, je vous prie. Et ce fut

9*

dans ce moment que miss Trelawney entra.

Le général ne lui fit pas un accueil aussi amical qu'à sa sœur. Ses manières étaient plus réservées avec elle, et miss Trelawney, moins émue que Marianne, sut le complimenter sur son heureuse arrivée.

Mon Dieu! dit Marianne en souriant, la toilette de ma sœur me fait rougir, et je vous dois des excuses pour être accourue, faite comme je le suis; mais en vérité, lorsque j'ai entendu votre nom, mon ancien ami, j'ai oublié que j'avais un tablier, et que mes mains étaient couvertes de farine, et, tenez, voyez comme j'ai blanchi la manche de votre habit! »

Monthermer avait grande envie de baiser la petite main douce qui lui indiquait le malheur qu'elle avait fait. Cependant il se retint, et se contenta d'imprimer ses lèvres sur la farine, qu'il secoua ensuite en soupirant.

« Ainsi donc vous voilà devenue tout-

à-fait femme de ménage? dit le général,
pendant que Marianne ôtait son tablier.
Et vous prétendez faire des pâtisseries
et des poudings sans doute? »

« Il le faut bien, dit gaîment Marianne ; car je n'ai personne pour les
faire à ma place. D'ailleurs ma bonne
sœur ne trouve pas la pâtisserie si bonne,
quand c'est une autre qui la fait. Je ne
manque pas d'amour-propre et je veux
conserver ma réputation. »

Monthermer soupira, et se rappelant
ce que Lucy lui avait dit, il craiguit que
Marianne ne gâtât en effet sa sœur, et
qu'elle ne se rendît l'esclave de ses caprices. Mais il ne voulut pas l'abandonner à ces réflexions, et pour les dissiper,
il faisait aux deux sœurs questions sur
questions auxquelles elles s'empressaient
de répondre, lorsqu'ils furent inter-
rompus tout-à-coup par un bruit extraordinaire à la porte de la rue, et l'instant d'après, ils entendirent frapper à
coups redoublés, et retentir les cris mille
fois répétés de vive, vive à jamais

Monthermer ! La servante ouvrit alors la porte. Le général Monthermer n'est-il pas ici? demandèrent en même temps une foule de voix. A peine eût-elle répondu à cette question, que deux ou trois des principaux habitans de la ville se précipitèrent dans la maison, tandis que la petite cour était remplie de monde.

Celui qui était à leur tête s'écria en entrant : Général Monthermer, soyez le bienvenu dans l'Angleterre et auprès de nous! Le général les salua, et leur serra la main, tandis que Marianne se détournait pour cacher son émotion, et que miss Trelawney semblait croire sa dignité offensée par la manière dont on était entré dans sa maison.

« Général, ajouta celui qui avait déjà porté la parole, vos postillons, apprenant que c'était le nouveau candidat qu'ils avaient amené, n'ont pu s'empêcher de trahir le secret de votre arrivée, et il faut que vous veniez vous montrer un nstant au peuple. »

« Non, non, impossible ! pas ce soir,
reprit le général, tout étourdi de ce
mot *il faut;* venant à peine de quitter
un pays où il commandait au lieu d'o-
béir. Mais ils redoublèrent leurs instans
avec tant de force, et avec une violence
si amicale, que le général sentant aussi
toute l'obligation qu'il leur avait, consentit à la fin à les accompagner. Alors,
se tournant gracieusement du côté des
dames, avec le sentiment de la véritable
galanterie, si rare, hélas ! aujourd'hui,
il les pria d'excuser la liberté avec laquelle ses amis par zèle pour lui et pour
sa cause, étaient entrés dans leur maison. Les trois habitans se crurent obligés de suivre son exemple, et ils firent
des excuses qui satisfirent jusqu'à la
fière miss Trelawney, dont l'orgueil
n'avait pas baissé avec sa fortune. Monthermer dit alors aux deux sœurs qu'il
aurait le plaisir de les revoir le lendemain, et sortit aussitôt.

La nuit était avancée, bien avancée,
que les cris de vive à jamais Monther-

mer! retentissaient encore dans toute la ville. Mais quoiqu'ils troublassent le repos de sa sœur, Marianne était char-mée d'entendre, même aux dépens de son sommeil, ces preuves de l'affection que les habitans portaient au général.

Personne ne fut plus charmé que Lucy Simmons, qu'on sût enfin que le général était arrivé. Car elle pouvait dire alors que c'était elle qui l'avait vu la première ; et puis elle racontait comme quoi elle l'avait rencontré, et comme quoi il lui avait parlé ; et puis les *dis-je*, et puis les *dit-il*; et les promesses qu'il lui avait faites, et l'argent qu'il lui avait donné. Vingt fois elle avait déjà répété son histoire, et elle la répétait encore à qui voulait l'entendre.

Le lendemain le général Monthermer fut encore obligé d'avoir de si longues conférences avec les électeurs, qu'il ne put aller voir les deux sœurs qu'à deux heures passées, et il les trouva alors à dîner. Il voulait se retirer aussitôt, mais Marianne le pressa de rester, quoique la dignité de miss Trelawney se trouvât un peu offensée de recevoir une visite dans un pareil moment.

« Je n'avais pas la moindre idée que vous dînassiez de si bonne heure, dit le général pour s'excuser.

« Je n'en suis pas surprise, reprit miss Trelawney. Qui pourrait en effet soupçonner que nous dînons à une heure aussi vulgaire! Mais puisque Marianne veut tenir une école, il faut bien que nous nous conformions à l'usage, pour ne pas déranger les heures des leçons ».

Pendant qu'elle parlait, le général examina le dîner, et vit devant la sœur aînée un beau poulet rôti, des pommes de terre nouvelles, et une bouteille de vin blanc, tandis que le dîner de Marianne consistait en un morceau de mouton, et une caraffe d'eau.

« Ah! dit le général en lui-même; je soupçonne que Marianne veut tenir une école, afin de pouvoir fournir à la délicatesse de sa sœur des mets qui puissent la contenter. »

Marianne remarqua le coup-d'œil que le général jetait sur le vin et sur le poulet, et comme elle devina ses pensées, elle s'empressa de dire : « Ma sœur a une santé délicate, et un appétit encore plus délicat. Elle ne peut manger que des choses fort légères, et le vin lui est aussi recommandé. Moi, j'ai toujours été forte et bien portante, et je n'ai pas besoin de tant de ménagemens. »

« Voulez-vous me permettre de goûter aussi de votre morceau de mouton ; dit le général en s'asséyant à côté d'elle ; car je dois dîner tard aujourd'hui. »

Miss Trelawney sourit, et lui offrit de la meilleure grace du monde la moitié de son poulet, le priant en même-temps de faire honneur à son vin. Mais le général n'accepta que la dernière partie de son offre ; et c'était seulement afin d'avoir un prétexte pour goûter le vin blanc, qu'il s'était mis à table.

« Et vous, Marianne, ne buvez-vous pas de vin ? » demanda Monthermer.

— « Rarement, dit Marianne. Il ne

m'est pas nécessaire, et il coûte fort
cher, comme vous savez. »

« Ce vin n'est pas bon, miss Trelawney, dit le général en le goûtant ; et, si
vous n'êtes pas bien portante, ce n'est
point là ce qu'il vous faut. Quelques
verres d'excellent Madère rétabliront
bien vite votre santé, croyez-moi, et je
me trouve heureux d'en avoir maintenant une cargaison considérable dans
le port, puisqu'elle me fournira l'occasion de vous en offrir quelques bouteilles. Peut-être alors votre sœur, pour
obliger un ancien ami, se décidera-t-
elle à en goûter quelquefois. »

Miss Trelawney témoigna sa reconnaissance dans les termes les plus vifs.
Mais Marianne resta quelque temps
sans parler, et lorsqu'elle le fit, ce fut
seulement pour dire : « Non ; même un
présent offert par vous ne m'engagera
pas à me permettre une habitude dis-
pendieuse. Car je me fais un principe
de réduire autant que possible le nom-

bré des besoins factices qui sont toujours les plus coûteux. »

— « Eh bien, reprit vivement Monthermer, vous pouvez vous passer de
vin par *principe* ou par *choix*, si vous le
voulez; mais je ne puis souffrir que
vous le fassiez par *nécessité.* »

Marianne le regarda avec l'expression
d'une vive reconnaissance, et se levant
alors, elle sortit un moment. Miss Trelawney saisit cette occasion pour assurer le général qu'il n'était nullement
nécessaire que Marianne se donnât tant
de peine, et s'imposât tant de privations; mais que malgré ses instances
réitérées, elle voulait tout faire elle-
même, et ne se soignait réellement pas
assez.

Le général ne répondit rien, quoiqu'il eût grande envie de le faire; mais
apprenant que Marianne était obligée
d'aller surveiller ses jeunes élèves, il
prit congé des deux sœurs et se retira.

Le soir, il envoya le vin qu'il avait

promis. Miss Trelawney était charmée du cadeau ; mais Marianne le trouva trop considérable : elle n'aimait pas à recevoir un présent aussi magnifique de qui que ce fût. « Cependant, s'il faut que j'aie de l'obligation à quelqu'un, dit-elle en elle-même, j'aime encore mieux que ce soit à lui qu'à tout autre. »

Le général avait eu ce jour-là le plaisir de revoir un frère qu'il aimait tendrement ; il avait été présenté pour la première fois à sa belle-sœur, et avait embrassé leurs enfans, au nombre desquels était une grande fille de quinze ans, qui, comme mistriss Montbermer eut grand soin de le lui dire, était si bien élevée que, malgré sa grande jeunesse, elle était déjà en état de conduire une maison, remplie de soins pour ses petits frères ; enfin, la meilleure petite garde-malade qu'on eût jamais vue.

« Allons, pensa le général, voilà déjà une femme de charge et une garde-malade qu'on me destine ! » et il ne fut pas long-temps sans découvrir que cette dame, dont les lettres charmantes et qui paraissaient dictées par le cœur l'avaient prévenu fortement en sa faveur même quand il était dans l'Inde, n'était en réalité qu'une femme vaine et intéressée qui convoitait déjà sa fortune ; qu'une mère empressée de lui voir instituer sa fille son unique héritière, ou en faire son épouse.

M. Monthermer formait, avec sa femme, le contraste le plus parfait. Sensible et généreux, sans cupidité et sans égoïsme, au lieu de désirer que son frère restât garçon pour que ses biens passassent à ses enfans, il témoignait l'espoir de le voir se marier aussitôt après son arrivée. Tant que son mari n'exprima qu'en sa seule présence des idées qu'elle qualifiait de folies, elle n'y fit pas attention ; mais lorsqu'après la fin des élections, et la nomination du général Monthermer au parlement, elle lui entendit tenir le même langage à son frère, elle ne put revenir de sa surprise, incapable qu'elle était de concevoir que son époux pût montrer autant d'insouciance pour ses intérêts et ceux de ses enfans.

« Eh bien, George, dit M. Monthermer à son frère, à présent que vous êtes général, et que vous êtes fort riche, vous allez penser sans doute à faire mieux encore, à vous marier?»

— « Si je puis trouver une femme qui m'aime pour moi seul, et qui parvienne à m'en convaincre, alors il est possible que je pense au mariage, » reprit le général.

— « Et pourquoi en douteriez-vous, je vous prie? vous êtes encore très-bien, mon cher, et je ne vois pas qu'on puisse rien trouver à redire à votre âge : vous êtes plus jeune que moi de deux ans, et je me crois encore jeune, je vous assure. Un homme n'est pas vieux à quarante-cinq ans. Mais ce qui m'embarrasse, c'est de vous trouver une compagne digne de vous. Je croyais, avant votre départ pour les Indes, avoir de-

...iné que vous aviez un penchant secret pour l'aimable Marianne Trelawney, à mes yeux elle est encore aussi bien qu'elle était alors, et elle n'est pas mariée. »

« Qu'elle soit aussi bien qu'il y a seize ans, dit mistriss Monthermer, c'est ce que je ne conteste pas ; mais qu'elle ait jamais été bien, voilà ce que je ne saurais accorder. Trouvez-vous aussi qu'elle soit tout aussi jeune qu'alors, mon ami ? en vérité, je ne sais comment vous pouvez croire que le général ait jamais pu penser à elle et qu'il y pense surtout à présent qu'elle est vieille ! »

— « Vieille ! elle l'est beaucoup moins que George. »

— « Si le général voulait absolument épouser l'une des deux sœurs, il donnerait assurément la préférence à l'aînée qui a été une beauté dans son temps, et qui a encore de beaux restes. »

— « Quoi ! préférer une beauté fanée à des attraits encore dans toute leur fraîcheur ? non, non, Eliza ; mon frère

à trop bon goût pour cela ; et vous ne
rendez pas justice à la pauvre Marianne,
N'est-il pas vrai George, que Marianne Trelawney est une de ces femmes que son propre sexe ne sait pas apprécier? que les femmes rient de ses
manières simples et sans prétention;
fort bien : mais je n'ai jamais vu d'hommes qui après avoir causé une demi-
heure avec elle, après avoir admiré le
jeu de sa physionomie et le charme de
sa conversation, ne lui ait pas donné
rang au nombre des femmes les plus
aimables et les plus jolies? »

« Ces personnes là devaient donc avoir
l'imagination bien vive et le cœur fort
inflammable! reprit séchement mistriss
Monthermer ; je suis sûr que le général
est de mon avis Mais vous avez toujours
eu pour cette femme un faible qu'en
vérité il est impossible d'expliquer. »

Le général aurait voulu pouvoir se dispenser de dire son avis sur un pareil sujet ; mais il eut beau se renfermer dans
un modeste silence ; il fut poursuivi, et

bientôt forcé dans ses derniers retran-
chemens. « Je me rappelle, dit-il enfin, que miss Trelawney était sans con-
tredit l'une des plus belles femmes que
j'aie jamais vues ; mais elle n'a jamais eu
ce charme que possède sa sœur, ce
charme qu'il est impossible de ne pas
admirer en la voyant, mais qu'il n'est
pas moins impossible de décrire. »

« C'est une description que vous n'a-
vez pas besoin de tenter, dit son frère
en souriant; Homère l'a faite pour vous,
lorsqu'il décrit la ceinture de Vénus,
sans laquelle la déesse même de la beauté
cesse d'être séduisante, et à l'aide de
laquelle la fière Junon, triompha de
Jupiter. »

Le général Monthermer voulut alors
changer de sujet; mais son frère lui conseillant toujours de se marier au plutôt,
lui nomma plusieurs jeunes personnes
qui pourraient lui convenir. Pas une
n'échappa à la censure de mistriss Monthermer; l'une était trop jeune, l'autre
trop âgée; celle-ci était de basse extraction

celle-là était trop fière de sa naissance ; une autre avait une réputation suspecte. Le général voyait sans peine que s'il chargeait sa belle-sœur de lui chercher une épouse , il courait grand risque de rester toujours garçon, à moins qu'il ne voulût songer à sa fille.

Avec quel plaisir ne quitta-t-il pas cette femme intéressée et médisante pour retourner auprès de la bonne Mariane? combien il préférait la naïve simplicité de cette dernière, et sa franchise ingénue aux discours étudiés et captieux de mistriss Monthermer !

Lorsqu'on sut que le général Monthermer n'avait pas d'éloignement pour le mariage, toutes les mères et toutes les jeunes filles de la ville de.... furent aussitôt en mouvement; et ce fut à qui ferait sa conquête. Aussi fut-il accablé d'invitations de la part des principaux habitans de la ville et des environs : et pour répondre à leurs civilités , il résolut de donner un bal et un souper.

Après avoir consulté son frère, il en-

voya sur-le-champ ses billets d'invitation, et bientôt il n'y eut pas dans toute
la ville une fille à marier, jeune ou vieille
laide ou jolie, qui ne se promît bien de
déployer dans cette circonstance toutes
les graces de sa personne, ou, à leur
défaut, celles de son esprit, pour captiver le général.

Il porta lui-même un billet aux deux
sœurs; et le présentant à miss Trelawney d'un air respectueux, il lui témoigna l'espoir qu'elle et sa sœur lui feraient
l'honneur d'embellir son bal par leur
présence.

Miss Trelawney s'inclina, mais ne répondit point, et à la rougeur qui lui
monta au visage, il était évident qu'elle
éprouvait quelque sensation pénible.
Marianne ne paraissait pas moins con-
fuse, et elle garda quelques instans le silence. Enfin elle dit d'une voix basse et
tremblante, que dans leur position actuelle elles s'étaient fait une règle de refuser toute espèce d'invitations.

« Que voulez-vous dire? » s'écria le général.

— « Que, tombée du haut rang où le sort m'avait placé, et obligée de gagner humblement ma vie, je sens que je ne serais pas à ma place dans une assemblée telle que celle qui se trouvera réunie chez vous ; je suis sûre que, si j'y paraissais, cette démarche exciterait les remarques de la malveillance ou de l'envie, et vous regretteriez vous-même de nous y avoir exposées involontairement. »

— « Et croyez-vous réellement, croyez-vous, Marianne, que les miss Trelawney puissent paraître déplacées dans quelque société que ce soit, lorsqu'au contraire elles ont des droits incontestables à en être l'un des plus beaux ornemens ? »

— « Je ne puis en douter ; et ma sœur vous dira que s'étant hasardée à paraître une fois dans un bal public depuis que je me suis décidée à tenir une école, elle entendit critiquer si sévèrement sa

toilette., et. tout le monde semblait
trouver si étrange qu'elle eût osé venir
au bal dans sa position, que la dame qui
avait eu la bonté de l'y conduire, crut
devoir la ramener le plus tôt possible en
lui conseillant de ne pas s'exposer
une seconde fois à des observations
aussi malveillantes. »

Le général l'écouta avec autant de
surprise que de douleur. A la fin il se
leva brusquement, et s'écria : « Je jure
solennellement que si vous, mes plus
anciennes et mes plus chères amies,
vous ne pouvez pas venir à mon bal, je
n'en donnerai pas, non certainement,
je n'en donnerai pas. »

Il sortit alors sans ajouter un seul
mot, et courut se renfermer chez lui.
Le soir même tous ceux qui avaient été
invités reçurent un billet qui les prévenait que le bal du général Monthermer
était remis indéfiniment; et il vint annoncer lui-même aux miss Trelawney
le parti qu'il avait pris ; mais il ne voulut jamais en apprendre la cause, même

à son frère, qui, surpris d'un procédé aussi étrange, l'accabla inutilement de questions. « Non, dit-il en lui-même, jamais je ne donnerai une fête qui soit un sujet de mortification pour ces pauvres sœurs, en leur faisant sentir encore plus vivement combien leur sort est changé. Jamais cette noble créature n'aura à regretter que sa vertu active l'ait privée d'un plaisir qui autrement lui eût été agréable. Et quel sacrifice lui fais-je en renonçant à ce bal ? Aucun ; car, comment pourrais-je jouir d'un plaisir qui coûterait une seule larme à Marianne Trelawney ? »

Marianne et sa sœur furent vivement touchées de cette attention délicate de Monthermer, et elles s'efforcèrent de le décider à changer de résolution; mais ce fut inutilement. Il leur dit que c'était un sacrifice qu'exigeait l'amitié, et qu'il le ferait, dût toute la ville le traiter de fantasque et de bizarre.

Le général parlait avec véhémence ; et dans sa vivacité, il avait déchiré en petits morceaux, sans y faire attention, une feuille de papier blanc, revers d'une lettre qui, avec quelques autres, était sur la table, et il se préparait à en prendre une autre, à laquelle il destinait sans doute le même sort, lorsque Marianne la retira en souriant d'entre ses mains, et le pria de ne pas étendre plus loin ses ravages. »

« Mes ravages! s'écria-t-il ; quels ravages ai-je commis? »

— « Oh! c'est peu de chose. Seulement vous êtes coupable d'avoir commis un dégât inutile. Je pouvais tirer parti de ces morceaux de papier que vous traitez avec si peu de cérémonie. » Et en un instant, ayant soin de mettre l'adresse par-dessous, et peignant une petite fleur sur le côté blanc, elle découpa fort habilement le papier, et en couvrit une petite boîte de carton.

« Et dites-moi, je vous prie, dit le général, admirant jusqu'où elle poussait l'économie, que faites-vous de ces petits bijoux, lorsqu'ils sont achevés? »

« Oh! dit miss Trelawney, ils servent de récompense aux enfans ; et je vous assure qu'ils font beaucoup de cas de ces bagatelles. Ils sentent que Marianne ne saurait leur faire à présent de beaux cadeaux; ils apprécient la bonne volonté et sont fiers de la distinction. D'ailleurs elle leur apprend à mettre dans ces petites boîtes des bouts de fil ou de coton; et elle grave ainsi dans leur âme l'habitude de ne jamais rien perdre , puisque même de vieilles cartes peuvent servir à quelque chose. »

« Oui, interrompit Marianne en riant, et l'élégante carte d'invitation du général Monthermer , si mal employée à me faire un honneur que je ne méritais pas , peut du moins servir à faire le fond d'un petit panier à ouvrage. »

— « Ainsi donc , reprit le général , c'est par le moyen d'un morceau de papier, que vous parvenez à inculquer dans leur âme des principes de morale ? »

— « Je m'efforce du moins de le faire,

et pour atteindre plus sûrement mon but, je fais apprendre à tous mes élèves le conte inimitable de miss Edgeworth. «Qui ne perd rien, ne manque de rien! »

Le général écoutait son aimable amie avec la plus vive attention, admirant ce que des esprits légers auraient traité de puérilités. Insensiblement il tomba dans une douce rêverie; il se rappela le temps où, pauvre lieutenant de dragons, il soupirait en secret et sans espoir pour miss Marianne, l'une des deux héritières du riche M. Trelawney. Mais quoiqu'il eût toujours vécu avec les deux sœurs sur le pied de la plus grande intimité, Monthermer, indépendamment de la médiocrité de sa fortune qui l'empêchait de découvrir son amour pour Marianne, partageait l'opinion générale qu'elle avait de l'attachement pour un jeune homme, son égal en rang et en fortune. Ce fut dans ce moment où il était livré à une horrible incertitude, et où il sentait encore augmenter son dé-

sespoir, que son régiment fut tout-à-
coup envoyé dans les Indes. Cependant
il avait eu depuis la satisfaction d'apprendre que le jeune homme avait été
refusé, et qu'il avait fini par épouser
une autre femme.

Depuis son retour, Monthermer avait
aussi entendu dire plusieurs fois qu'elle
n'était pas encore mariée, parce qu'elle
était attachée depuis long-temps à un
homme qui, disait-on, faisait tous ses
efforts pour se décider à l'épouser. Le
général ne pouvait jamais entendre cette
expression sans éprouver un mouvement de colère irrésistible. Fallait-il
donc faire effort sur soi pour se décider
à épouser une femme accomplie? Il
sentait que si le fait était vrai, et qu'il
rencontrât jamais un pareil rival, il lui
serait bien difficile de ne pas lui chercher querelle.

Cependant les attaques dirigées de
tous côtés sur le cœur du général Monthermer continuaient toujours avec
persévérance. Un seigneur dont la mai-

son de campagne était alors le rendez-
vous de tout ce qu'il y avait de plus dis-
tingué et de plus illustre dans les environs, et qui avait plusieurs filles dont la
main et le cœur étaient encore libres,
invita le général à venir passer quelques jours dans son château. On avait
vanté au général les charmes des filles
de ce seigneur : aux talens les plus va-
riés elles joignaient les qualités les plus
propres à assurer le bonheur d'un ga-
lant homme. Elles avaient reçu une
éducation excellente de la meilleure des
mères ; Monthermer résolut donc de
tenter s'il lui serait possible d'aimer et
d'être aimé ; de voir si cette seule image
qui avait occupé si constamment son
cœur, en Europe et en Asie, ne pourrait pas être déplacée par la jeunesse
parée de toutes ses graces et de tous
ses attraits. Aussitôt que sa résolution
fut prise, il passa chez les deux sœurs.

Il trouva miss Trelawney seule. « Général, lui dit-elle, je suis charmée de
trouver l'occasion de vous parler en

l'absence de ma sœur ; car je vous re-
garde comme notre meilleur ami. » Le
général s'inclina, et elle poursuivit :
«Vous devez penser, général, combien
il est pénible pour moi de voir une personne issue d'une famille telle que la
nôtre, réduite à tenir une école, tandis qu'une foule d'individus qu'autrefois nous n'aurions pas remarqués, vivent aujourd'hui dans l'opulence, et
ont même équipage. Hélas ! général, il
est déjà bien assez dur d'aller à pied,
lorsque j'étais née pour avoir une voiture à quatre chevaux, sans avoir encore la douleur d'entendre ma sœur
apprendre l'A, B, C. » A ces mots, elle
fondit en larmes ; et le général, qui sentait quelle impression devait faire sur
elle la révolution terrible qui s'était
opérée dans sa fortune, prit sincère-
ment part à sa douleur.

« A présent, général, reprit-elle,
voici mon projet : Marianne a de grands
talens pour la peinture et pour le dessin ; et comme il est moins humiliant

pour une personne bien née d'être artiste que maîtresse d'école, je voudrais
qu'elle fît des dessins et des portraits
pour les mettre ensuite en vente : je
suis sûre qu'avec un peu de protection
elle réussirait parfaitement. »

— « Excellente idée! je l'approuve
beaucoup. Mais, je vous prie, dans
quel genre votre sœur excelle-t-elle? »

— « Oh! général, elle sait peindre ad-
mirablement en miniature. Elle ne réussit pas si bien à peindre les femmes que
les hommes ; mais les hommes! je suis
sûre qu'elle les peindrait en perfection.»

— « Eh! quoi, madame, reprit vivement le général, voudriez-vous donc
que votre sœur s'établît peintre de portraits d'hommes? »

— « Non pas d'hommes seulement,
dit miss Trelawney ; mais, écoutez :
quoique je sache qu'elle serait fort mé-
contente si elle venait à apprendre mon
indiscrétion, je veux vous en montrer
un qu'elle a fait de mémoire il y a plusieurs années, et que j'ai découvert par

hasard; car je vous assure qu'elle cache ses talens avec un soin!... C'est un portrait d'une ressemblance frappante. Elle en a pourtant un autre de la même personne, qu'elle trouve encore plus ressemblant, et voyant combien un présent semblable me ferait de plaisir, elle a consenti alors à me céder celui-ci. »

— « Peut-être à présent, pensa le général, vais-je voir enfin l'heureux mortel qui est aimé de Marianne! et son cœur battit fortement, lorsque miss Trelawney, ouvrant un cabinet, lui présenta la miniature. Le général tressaillit; il pouvait à peine en croire ses yeux; c'était son portrait.

« Est-il possible que ce soit Marianne qui ait fait ceci? s'écria-t-il, et *de mémoire?* »

— « Oui, peu de temps après votre départ pour les Indes, mais ce n'est que depuis quelques années que je l'ai découvert. Je ne soupçonnais pas qu'elle eût tant de talent. Depuis lors, elle a voulu faire aussi mon portrait, mais il n'est pas si ressemblant. Tenez, le voici. »

Le général prit le portrait ; mais il vit que, quoique le sien fût un peu flatté, Marianne n'avait pas rendu justice à sa sœur ; et il ne put s'empêcher de dire en lui-même : « Sous quelles couleurs brillantes et agréables, j'ai dû vivre dans son souvenir ! »

— « Mais, voyez, général ! voici une autre preuve de ses talens ; je l'ai surprise il y a quelques jours occupée à ce travail, et je l'ai forcée de me le montrer. Elle passa alors dans une petite chambre de derrière, où Marianne mettait ses livres et ses cartons, et tira d'un portefeuille une miniature qui n'était pas encore terminée. Le général se vit encore, mais tel qu'il était alors ; et il regardait avec délices cette nouvelle preuve du souvenir de l'amitié, lorsqu'une exclamation de vite, vite, donnez-moi les portraits, voici Marianne, le tira de l'espèce de rêverie où il était plongé, et il chercha à se remettre de son trouble et

de son émotion, avant qu'elle fût arrivée. »

Elle entra en souriant avec sa douceur
ordinaire ; mais son œil perçant eut
bientôt découvert que sa sœur et le général paraissaient embarassés. Que pou-
vait-il s'être passé pendant son absence ?
pouvait-elle croire la nouvelle qu'elle
venait d'apprendre, que le général aimait sa sœur ? Si ce bruit était vrai, elle
devait s'en réjouir. Mais non, c'étaient
sans doute de ces propos absurdes de
petites villes, inventés par l'envie, et
propagés par l'oisiveté ; sans doute elle
se trompait, et ils étaient tous deux tout
aussi calmes qu'elle-même.

Dans ce moment, deux voitures passèrent devant la fenêtre, et le général
demanda à qui elles appartenaient, la
livrée lui étant inconnue.

« Oh ! dit miss Trelawney, je ne suis
pas surprise que vous ne reconnaissiez
pas la livrée, car je crois que les maîtres
en portaient une lorsque vous êtes parti. Ce sont les voitures de quelques-uns

de nos parvenus, et, Dieu merci, nous n'en manquons pas. »

« Il est juste, dit Marianne, que l'industrie obtienne sa récompense. Il est honorable pour un homme de ne devoir qu'à lui sa fortune, de s'élever par son propre mérite ; et nous devons nous réjouir de le voir dans la prospérité. »

— « Il se peut ; mais c'est un effort bien pénible à faire dans notre position, dit miss Trelawney en soupirant. »

« Allez, ma chère amie, dit le général, il est plus douloureux, croyez-moi, d'être témoin de la chûte de quelques personnes, qu'il n'est agréable de contempler l'élévation des autres. »

« Assurément, dit Marianne ; mais il est des sentimens dont on doit s'efforcer de triompher, lorsque la raison les condamne. »

Dans ce moment, les mêmes voitures repassèrent, et miss Trelawney dit avec humeur et d'un ton de dépit: « En vérité les voitures de ces gens-là font deux fois plus de bruit que celles des autres. »

- « Les carosses des parvenus, observa Marianne avec un sourire mélancolique, sont toujours ceux qui affectent le plus les nerfs. »

« Je le pense en vérité, reprit sa sœur, prenant à la lettre ce que disait Marianne; car les voitures ne semblent pas si bien suspendues *aujourd'hui*, qu'elles l'étaient, lorsqu'on fit celle de notre père. »

Personne ne répondit, et la conversation languit pendant quelques minutes.

Miss Trelawney profita de cet intervalle pour réfléchir au nouveau projet qu'elle avait formé pour Marianne, et sûre de l'approbation du général, elle résolut de le proposer à sa sœur en présence de Monthermer.

Elle commença donc par lui dire qu'elle avait montré au général le portrait qu'elle avait fait d'elle.

« Est-il possible, Henriette? s'écria Marianne en pâlissant; comment avez-vous pû...i. vous savez que.....1. Alors elle les regarda fixement l'un et l'autre, et elle vit clairement qu'elle n'était informée que de la moitié de la vérité. Ah! Henriette, ajouta-t-elle d'une voix éteinte, ce n'est pas bien, ce n'est pas bien à vous d'avoir..... »

— « Eh! mon dieu, quel grand mal y a-t-il donc à montrer à notre ami que vous avez quelque talent en peinture? »

— « Non, mais je crains que vous ne vous soyez pas bornée à montrer votre portrait. »

— « Il est vrai. »

« Je n'aurais jamais attendu cela de vous, ma sœur ; ...... jamais! dit Marianne en se tournant vers la fenêtre, pour cacher sa confusion.

« Comment pouvez-vous être assez peu généreuse, pour reprocher à votre sœur de m'avoir procuré un si grand plaisir ? dit le général tout à la fois touché et ravi de son émotion. J'étais loin de croire, Marianne, que mes traits fussent aussi bien gravés dans votre mémoire. Si je l'avais su, oh! que cette seule idée m'eût fait passer d'instans déli-cieux! »

Marianne courut précipitamment dans sa petite chambre, et vit sur la table la miniature que sa sœur n'avait pas eu le temps de remettre dans le carton où elle l'avait prise ; et revenant alors encore plus pâle qu'auparavant, elle n'eut que la force de dire: « Oh! c'en est trop, c'en est trop ; je ne saurais pardonner cela ! » Et elle tomba sur une chaise en versant un torrent de larmes.

Quoique Monthermer souffrît de la voir livrée à un si violent désespoir, cependant il ne pouvait s'empêcher d'en être flatté intérieurement. Faire son portrait et le montrer ensuite, n'eût servi qu'à prouver le talent et la vanité de l'artiste; mais le faire en secret, réussir, et ne jamais en parler; faire tous ses efforts pour le soustraire à tous les yeux, et être désolée en découvrant qu'il avait été vu par celui qu'il représentait,

une conduite semblable dévoilait l'attachement caché d'une femme tendre et
sensible, désespérée d'apprendre que
son secret est découvert. Et pendant
que sa sœur l'embrassait tendrement en
la priant de lui pardonner, et en regret-
tant de lui avoir fait de la peine, Monthermer saisit sa main et la pressa contre
ses lèvres.

Marianne se leva alors tout-à-coup, et
sortit de la chambre.

« Je suis fâchée que ma sœur soit si
émue dans ce moment, dit miss Trelawney ; car je voulais discuter avec elle
le projet d'en faire une artiste de pro-
fession, en votre présence, puisqu'il a
eu votre approbation. »

— « Mon approbation! moi, approuver que votre sœur reçoive des hommes
qui viendront poser chez elle pour se
faire faire leur portrait! oh! non, miss
Trelawney, un semblable projet est
trop peu délicat, trop peu convenable,
pour que je l'approuve jamais, je vous

assure. Mais, dites-moi, je vous prie; votre sœur a-t-elle jamais peint quelqu'autre personne de mémoire ! »

« Jamais, monsieur, du moins à ma connaissance. »

— « Lorsque je suis parti, je me rappelle qu'un M. Montague lui faisait la cour, et je croyais qu'elle devait l'é....... l'épouser ? »

— « Oui, nous le pensions tous aussi; mais lorsqu'il s'est offert, Mariane l'a refusé. »

— « L'a refusé ! »

— « Oui, sans que jamais on ait su pourquoi ? »

— « Mais, madame, le monde dit qu'il existe quelqu'un qui est sûr de ne pas être refusé, s'il se présente, M. Ainslie ? »

— « Le monde ne sait ce qu'il dit, ou plutôt ne dit pas ce qu'il sait. Car il est connu que M. Ainslie s'est offert, et qu'il a été refusé, à ma grande douleur. Mais rappelez-vous, général, que je vous dis

tout cela en confidence ; vous savez que
c'est une de ces choses dont il n'est pas
bien de parler. Oui, Marianne et moi
nous n'avons jamais bien entendu nos
intérêts. De ma part, cette conduite
n'est pas étonnante ; car j'étais ambi-
tieuse, et je me croyais en droit d'élever
mes vues très-haut. Mais Marianne n'a-
vait pas d'ambition, et je ne sais à quoi attribuer son aversion pour le mariage, ou
plutôt pour les maris qui se sont présen-
tés, à moins qu'elle ne nourrisse une
passion secrète, et c'est ce que je suis
tentée de soupçonner, ajouta-t-elle d'un
air qui indiquait la plus grande confiance en sa pénétration.

Marianne rentra dans ce moment ;
mais elle évita de rencontrer les regards
du général, et elle s'assit en silence sans
que sa confusion parût diminuée. Il leur
apprit alors qu'il partait le lendemain
pour la campagne de lord M.***, et que
son absence serait probablement de
deux mois. Il observait Marianne, et il la
vit pâlir, lorsque sa sœur dit : « Lord

M.*** a , je crois, deux filles charmantes. »

— « Oui , et l'on en fait le plus grand
éloge. »

— « Que dit votre belle-sœur de cette
visite, général? est-elle fort de son goût?
car , comme elle n'épargne personne ,
personne ne l'épargne ; et.... vous m'entendez, général? »

— « Oui , madame, reprit-il avec un
sourire ; et, comme vous le présumez
fort bien , c'est une visite qu'elle est loin
d'approuver ; mais moi je l'approuve ,
et cela me suffit. »

Marianne s'efforça de sourire aussi ;
mais son sourire expira sur ses lèvres; et
le général se retira en disant qu'il viendrait les voir le lendemain avant son
départ.

Lorsqu'il vint , Marianne , accoutu-
mée à se vaincre elle-même , le reçut
avec son calme ordinaire. Cependant
son regard avait quelque chose de résigné ; on eût dit qu'elle s'était préparée
à supporter un malheur auquel elle s'at-

tendait ; et long-temps après que le général eut pris congé d'elle, il croyait voir encore ce regard touchant où se peignait la plus douce résignation.

Les fréquentes visites que le général faisait aux Trelawney, formaient la matière des conversations de la ville de...., et elles étaient l'objet de mille commentaires. Cependant, les femmes ne pouvaient s'imaginer qu'un homme dont les jeunes personnes les plus belles et les plus riches ambitionnaient la conquête, et seraient fières de recevoir la main, choisît pour compagne une femme de trente-quatre ans, sans fortune, et d'une figure, à leur avis, fort ordinaire. Les hommes pouvaient à peine croire qu'un homme ayant fait sa fortune dans l'Inde, pût être assez raisonnable, assez maître de lui-même, et assez peu voluptueux, pour préférer une femme telle que Marianne Trelawney, lorsqu'il n'avait qu'à dire un mot pour obtenir la main d'une demoiselle charmante.

Mais ils connaissaient bien peu le général Monthermer. Ils ne savaient pas
que rempli de sagesse et de prévoyance
c'était une compagne qu'il voulait trouver dans son épouse , et non pas un
vain colifichet , propre à briller dans le
salon , mais incapable de conduire un
ménage ; ils ignoraient que peu sensible
à tout ce qui peut flatter l'amour-propre, il ne se promettait aucun bonheur
dans une union avec une jeune et belle
personne , aimant le monde , et avide
de ses plaisirs , sans attraits pour lui , à
son âge, et que , par conséquent, il serait tenté de lui interdire.

Hélas ! je crains qu'on ne me reproche de donner un caractère bien peu
naturel à un général qui arrive des Indes , comblé des faveurs de la fortune !
mais je dois suivre la route que je me
suis tracée ; et peindre les hommes
comme mon imagin tion me repré-
sente qu'ils devraient être , et non pas
tels que malheureusement la réalité
nous les montre !

V.   11

Pendant l'absence du général, les deux sœurs reçurent beaucoup de visites ; aucune par amitié, toutes au contraire par simple curiosité ; quelques âmes charitable s'imaginant que, sinon Marianne, du moins miss Trelawney espérait épouser leur ancien ami, avaient un plaisir infini à les assurer qu'il n'était plus douteux qu'il n'épousât, sous quelques jours, lady Laura M***.

« Très-probablement, » répondait Marianne avec calme ; mais sa sœur, qui s'était réellement flattée que le général admirait sérieusement sa beauté, avait peine à se contenir, et protestait qu'elle ne croyait pas un mot d'une semblable nouvelle.

Ce bruit, toutefois, fut bientôt confirmé d'une manière si positive, que miss Trelawney elle-même fut convaincue ; et mistriss Monthermer, quoique le général n'eût pas instruit son mari de ses projets, passa chez les sœurs, afin d'avoir le plaisir de les mortifier, en leur certifiant la nouvelle ; car elle avait beaucoup d'antipathie pour Marianne, jalouse comme elle l'était de la voir captiver l'attention et l'estime des hommes, et particulièrement de son mari.

Mais mistriss Monthermer fut trompée dans son attente. Marianne eut la force de conserver son sang-froid ordinaire, et la fière miss Trelawney sut aussi se contenir devant elle. « En vérité, ajouta mistriss Monthermer, après avoir parlé du mariage du cher général, puisqu'il veut faire la folie de se marier, ce que j'aurais été bien loin de lui conseiller, à son âge, et avec son teint jaune et livide, qui indique un tempérament usé, je suis bien aise qu'il épouse une jeune personne de distinction, dont l'alliance ne peut du moins déshonorer personne. J'aurais été désespérée qu'il fît un mariage disproportionné, et indigne de sa naissance et de sa fortune. »

« Nous aussi, assurément, » reprit Marianne ; et mistriss Monthermer,

mortifiée de les voir aussi calmes, prit
un prétexte pour abréger sa visite.

Un jour ou deux après, le général revint, et sa première visite fut pour les
deux sœurs. On était alors au commen-
cement de décembre ; le parlement
ayant été assemblé inopinément, il devait partir le lendemain même pour
Londres, afin d'être présent à l'ouver-
ture ; mais il n'avait pas voulu s'absen-
ter, même pour une quinzaine de jours,
sans venir prendre congé de ses anciennes amies.

Quoique Marianne reçut la visite de
mistriss Monthermer, sans laisser échapper aucune marque d'émotion ; elle ne
fut pas autant maîtresse d'elle-même
lorsqu'elle vit le général ; elle eut la
douleur de se convaincre qu'il ne lui
était plus possible de le recevoir sans
trouble ; mais elle reprit bientôt son
air de douce résignation : « Ah ! voilà
comme elle était lorsque je suis parti ;
pensa le général, voilà ce regard résigné que je n'oublierai jamais.»

Miss Trelawney paraissait bruler de dire quelque chose, et ne savait comment s'y prendre. Elle faisait à sa sœur des signes qu'elle ne cherchait pas à cacher au général. Au contraire elle n'eût pas été fâchée qu'il les remarquât, ce qui lui aurait évité de s'expliquer. Mais voyant qu'il était trop préoccupé pour y faire attention, et ne pouvant résister plus long-temps à son impatience, elle dit à la fin : « Allons, général, point de mystère; dites-nous le vous-même; quoique je vous assure que nous le sachions déjà. »

— « Et quoi donc, je vous prie ? »

— « Que vous allez épouser lady Laura M***. »

Marianne s'efforça de prendre un air dégagé et même de sourire, mais elle ne réussit pas.

« Lady Laura M***. est charmante, reprit le général; mais je n'ai jamais du l'épouser. »

— « Très-bien, mais enfin vous êtes à la veille de vous marier, n'est-ce pas? »

— «Je n'ai encore fait de propositions de mariage à personne, reprit le général; à personne, je vous assure.»

— « Fort bien; mais.... »

— « Encore? en vérité, miss Trelawney, je ne sais si vous-même, vous, l'une de mes plus anciennes et de mes meilleures amies, vous avez le droit de pousser plus loin vos questions. »

— « Le droit? non, général, je n'ai aucun droit, je le sais. Seulement, en qualité d'amie, qui désire vivement votre bonheur, j'avais cru.... »

— « Je connais votre amitié, Miss Trelawney, et je sais l'apprécier. Je vous assure donc, sur mon honneur, que, si jamais je me marie, vous serez la première personne qui en serez instruite.»

« Eh bien! Henriette, n'êtes-vous pas satisfaite à présent? dit Marianne, l'esprit soulagé d'un grand poids, sans qu'elle en sût à peine la raison.

Le général, qui n'avait pas cessé de l'observer pendant cette conversation, se tourna alors tout-à-coup de son côté,

et lui dit en souriant : « Marianne, je
sais que vous ne craignez ni le vent ni
le froid, et que vous êtes du petit nombre de ces femmes qui ne sont pas assez
délicates pour appréhender de s'exposer à un air un peu vif. Il fait, du reste,
une gelée superbe, et je crois qu'une
petite promenade nous ferait du bien à
tous deux. N'êtes-vous pas de mon avis,
Miss Trelawney ? et ne m'aiderez-vous
pas à décider Marianne ? »

« Miss Marianne fera ce qu'elle vou-
dra, » reprit-elle d'un ton glacial.

« Qu'est-ce donc ? dit le général ; au-
rais-je eu le malheur de vous offenser ?»

« Oh! ne prenez pas si vite l'alarme,
dit Marianne en riant ; mais cette chère
sœur est si susceptible, qu'elle n'approuve pas que vous m'appeliez Marianne ; voilà tout. »

— « En vérité ! j'en suis réellement
fâché. Mais, tenez, ma chère miss Trelawney, pour me réconcilier avec vous,
je vous promets de ne jamais vous ap-

peler Henriette, ne fût-ce que pour
vous prouver que je suis capable d'observer les bienséances. »

— « Si vous pensiez aux bienséances,
monsieur, vous n'auriez pas, je crois,
proposé à ma sœur une promenade
semblable : car c'est les violer que de
vous exposer au risque d'être vus ensemble en tête-à-tête. On parle déjà de
vous deux dans la ville, je vous en
avertis. »

— « Réellement? eh bien donc, on
en parlera encore davantage. Mais, écoutez, je sais un moyen de déconcerter
les mauvaises langues. Lorsque Marianne
et moi nous serons de retour, nous
irons ensuite nous promener, vous et
moi. Pour le coup la médisance sera
bien embarrassée; elle ne saura de quel
côté diriger ses attaques, et nous par-
viendrons ainsi à neutraliser ses forces. »

Miss Trelawney n'entendait pas la
plaisanterie sur une affaire aussi sérieuse
que les bienséances, et son front ne se

dérida pas. Mais Marianne prit en souriant le bras du général, et ils sortirent
ensemble.

Leur promenade fut longue ; si longue
que, lorsqu'ils revinrent, Miss Trelawney attendait sa sœur depuis une heure
pour se mettre à table. La pauvre Marianne, en rougissant, la pria de lui
pardonner la première faute de cette
nature qu'elle eût jamais commise ;
« car vous savez, lui dit-elle, que je ne
vous ai jamais fait attendre auparavant.»

« Et j'oserais presque promettre que
cela ne lui arrivera plus, » ajouta le général.

Miss Trelawney était fort mécon-
tente; cependant elle s'appaisa bientôt ;
surtout lorsqu'elle vit Marianne, ayant
peine à vaincre quelqu'émotion intérieure qui paraissait l'agiter, demander
un verre de vin, et tomber sur une
chaise presque sans connaissance. Le général resta jusqu'à ce qu'elle se trouvât
mieux, et lui dit alors en partant : « Rappelez-vous ! à personne qu'à elle ! »

Le lendemain il partit pour Londres, et ne revint que pour les fêtes de Noël. Mais dans cet intervalle ; miss Trelawney eut le plaisir infini d'entendre sa sœur annoncer, à la grande douleur de ses élèves et de leurs parens, qu'elle ne tiendrait plus d'école.

Avant son retour, le général avait donné des ordres pour qu'on envoyât des billets d'invitation à toute la ville pour un bal et un souper qu'il était dans l'intention de donner ; et il arriva alors pour surveiller les apprêts de la fête. Les deux sœurs quittèrent la ville de ***, quelques jours avant le retour du général, et revinrent précisément le même jour que lui.

Le jour du bal arriva enfin; et les toilettes étaient aussi brillantes que s'il s'était agi d'une présentation à la cour; car il était alors certain que le général n'était pas sur le point de se marier, et l'espérance renaissait de nouveau dans tous les cœurs.

Les deux sœurs consentirent à venir

à ce bal, et à braver toutes les remarques. dès qu'elles parurent, leur toilette ne manqua pas de fixer l'attention générale, et de faire naître les observations de la malveillance et de l'envie; car miss Trelawney avait une robe de mousseline brochée, de la plus grande beauté; et sa sœur une robe de satin blanc magnifique, avec une garniture extrêmement riche; tandis que des perles orientales se jouaient sur son cou et pendaient à ses oreilles, et qu'un peigne de diamant retenait ses beaux cheveux.

« Je commence à croire, dit tout bas mistriss Monthermer à ses voisines, je commence à croire que le général ne songe plus à se marier; vous m'entendez! » Et ce propos circula bientôt dans toute la salle, quoiqu'il y eût peu de personnes qui ajoutassent quelque foi à une insinuation aussi malveillante. Mais telle est la propension générale à la médisance, que ceux même qui ne croyaient pas ce que ce sarcasme semblait vouloir faire entendre, se faisaient un plaisir de le répéter; et Marianne se trouva dans une situation d'autant plus critique que le général qui ne dansait pas avait pour elle lesattentions les plus marquées, et qu'elle ne pouvait manquer d'entendre les propos qui circulaient autour d'elle.

A la fin, à une heure du matin, le souper fut annoncé; et alors, à la surprise générale, et particulièrement à celle de mistriss Monthermer, le général prit la main de Marianne; et la conduisit au haut bout de la principale table, tandis que lui-même s'assit en face d'elle. Lorsque tous les convives furent placés, le général se leva, remplit son verre, et pria ses hôtes de boire à la santé de la mariée, mistriss George Monthermer.

La surprise et la consternation se peignirent sur tous les traits des dames, et particulièrement des demoiselles; tandis que les hommes portèrent la santé avec le plus vif enthousiasme. M. Monthermer dit à l'oreille de son épouse qui était outrée de dépit, de se contraindre, et qu'ainsi personne ne saurait qu'elle n'était pas dans le secret. Celle-ci profita sagement de l'avis, espérant éviter ainsi la honte d'avoir attaqué la réputation de Marianne, et paraître avoir voulu s'amuser aux dépens de ceux qui avaient disséminé ses perfides insinuations.

Le général éprouva alors autant d'orgueil que de joie à déclarer qu'il avait épousé la seule femme qu'il eût jamais aimée, et dont l'image l'avait empêché même de songer au mariage pendant sa longue absence; et son heureuse épouse ne balança pas à avouer, que c'était pour lui, malgré son peu d'espoir de voir jamais couronner son amour, qu'elle avait refusé des offres qu'autrement elle eût été fière d'accepter.

Monthermer était allé chez lord M***, uniquement pour exposer sa constance aux épreuves les plus dangereuses ; mais son amour n'avait pas même été ébranlé. Sûr de lui-même, il était alors revenu sonder le cœur de Marianne, dans le-

quel il croyait avoir déjà lu, et ayant arraché d'elle le détail exact de tout ce qui
avait été dit par sa belle-sœur et par
d'autres, dans l'intention expresse de
la mortifier ainsi que sa sœur, il avait
imaginé la scène du bal pour rendre la
confusion de mistriss Monthermer et
de ses dignes associées, plus inattendue
et plus complette.

Comme il en était convenu avec Marianne avant son départ pour Londres,
les deux sœurs s'étaient rendues dans
un village voisin où il les attendait ; et
c'était là qu'il avait reçu secrètement la
main de celle que dans tous les climats,
dans tous les pays, et malgré les varia-
tions de la fortune il n'avait jamais cessé
d'aimer.

Six mois s'étaient écoulés depuis que
le général s'était séparé de Ronald Breadalbane ; mais quoiqu'il lui eût écrit
plusieurs fois, il n'en avait jamais reçu
de réponse, et il commençait à craindre qu'il ne fût malade ou malheureux.
Cependant il ne put se refuser au plaisir

de lui écrire une nouvelle lettre pour
lui apprendre le bonheur dont il jouissait, bonheur que le plus beau paysage
n'aurait pu augmenter, et l'assurait que
s'il se décidait jamais à venir le voir dans
la pauvre Angleterre, il se convaincrait
qu'on peut être tout aussi heureux au
milieu des plaines peu pittoresques du
comté de, que sur les montagnes ro-
mantiques de l'Ecosse.

A peine cette lettre était-elle partie
que Monthermer en reçut une de Bréa-
dalbane; elle était cachetée en noir, et
respirait la plus vive douleur. « J'ai trouvé, disait-il, les amis de mon enfance
morts ou émigrés, ma maîtresse infidèle, et mariée à un autre. Ce dernier
coup était plus que je ne pouvais supporter, et pendant plusieurs jours on
désespéra de ma vie. Mais j'avais encore
mes parens. Leurs soins touchans me ra-
nimèrent; ils m'aimaient, je les adorais;
je n'étais donc pas encore tout-à-fait malheureux. Mais hélas! je vis bientôt leur
santé décliner visiblement; ce fut moi

qui dut pleurer à mon tour au pied de
leur lit ; j'eus beau leur prodiguer tous
les soins que la tendresse pouvait me
suggérer ; je les perdis! ô Monthermer,
que de fois vos paroles prophétiques ne
se sont-elles pas présentées à mon souvenir, depuis cette époque fatale! combien je sens la vérité des observations que
vous me faisiez pendant notre dernier
voyage!

« Oui, je sens à présent, et j'ai acheté
cher cette terrible conviction, qu'à
moins d'être habitée par des objets que
nous aimons, la plus belle contrée est
bientôt sans charmes et sans intérêt à
nos yeux, et je crois que la retraite, la
moins favorisée des dons de la nature,
peut en effet paraître un paradis terrestre, si elle est embellie par la présence
de personnes qui nous soient chères.

« Cher général, l'Ecosse est encore,
il est vrai, la terre des montagnes et des
vallées ; elle peut être belle aux yeux et
à l'ame du peintre et du poëte ; mais
pour moi, c'est à présent la terre de la

solitude et de la désolation, et je vais la quitter jusqu'à ce que je puisse former de nouveaux nœuds qui m'y attachent, ou peut-être du moins ceux que le sort a rompus. »

Le général ne put lire cette lettre sans éprouver la plus tendre compassion pour celui qui l'avait écrite ; il répondit sur-le-champ à Breadalbane, pour l'inviter à venir passer quelques mois chez lui, espérant que le temps et la distraction dissiperaient une mélancolie qui n'était ni de son âge, ni dans son caractère. La leçon de l'expérience devait en effet le convaincre à jamais que c'est des affections seules que dépend le bonheur de la vie; et que, semblables aux morceaux de verre les plus communs qui nous paraissent former les plus beaux compartimens, grace au prestige ingénieux du kaloïdoscope, les sites les plus ordinaires acquièrent un charme inexprimable à nos yeux, lorsque nous les contemplons avec les douces illusions de l'amitié ou de l'amour.

FIN DU CINQUIÈME ET DERNIER VOLUME,

P. S. N'ayant pas pour habitude de me parer des dépouilles d'autrui, je m'empresse de reconnaître les obligations que j'ai pour les trois derniers volumes de ce recueil, au travail de M. D. F. dont le manuscrit m'a été communiqué, lorsque j'avais déjà terminé les deux premiers. Sa traduction ayant été faite avec une extrême rapidité, avait besoin d'une révision scrupuleuse, à laquelle j'ai dû me livrer. J'ai supprimé des détails qu'il avait conservés ou ajoutés. J'en ai rétabli qu'il avait supprimés. Je me suis efforcé, autant que je l'ai pu, de faire disparaître les négligences inséparables d'un travail précipité.

Mais je me suis servi de tout ce que sa plume naturellement élégante et facile me permettait de m'approprier, et c'est assez dire combien je lui suis redevable. Puisse l'estimable auteur, être satisfaite de nos efforts pour rendre son intéressant recueil agréable au public français, et puissent nos lecteurs les trouver assez heureux pour lire avec plaisir des compositions dignes de la réputation d'un écrivain qu'ils ont toujours trouvé habile à orner les leçons d'une saine morale.

ERRATA.

PREMIER VOLUME.

Page 87, après, « pour nos semblables. *Lisez*, et que rien n'est frivole de tout ce qui intéresse leur bonheur, même dans les objets, etc.

Page 112 l. 18. *Au lieu de* Hanel, *lisez* Handel.

Page 114, l. 8 *après* les études, *lisez*, « que j'ai faites »

Page 113 ligne 11 *Au lieu de* « si de la suie etc, *lisez*, si, dans une rue étroite, on rencontre un ramoneur, on s'empresse de l'éviter, de peur de salir ses vêtemens, cependant, etc.

Page 226, l. 4. *Au lieu de* parla, *lisez* parlât.

Page 268, l. 12. *Au lieu de*, je lui faisais. *lisez*, je le lui faisais ce:

Page 285, l. 23. *Au lieu de*, les besoins, *lisez*, le besoin.

Page 296, l. 22. *Au lieu de*, rehaussa t, *lisez*, rebaussaient.

TOME SECOND.

Page 1. lisez. *Au lieu de* uo, *lisez* aou.

Page 5. *Au lieu de* imprudence, *lisez* impudence.

Page 6, l. 22 *Au lieu de* terres chaudes, *lisez*, serres chaudes.

Page 92, troisième vers de la chansons, *au lieu de*, en m'accordant, *lisez*, en m'ordonnant.

Page 237. l. 7. *Au lieu de* Odworth, *lisez*, Oldworth.

TOME TROISIEME.

Page 55. *Au lieu de*, fin des propositions de mariage, *lisez*, fin du Quaker, et du Jeune homme élevé dans le monde.

Page 135, l. 20. *Au lieu de* répusion, *lis*., réputation.

Page 155, l. 18. *Au lieu de* l'intérieure, *lis*. l'intérieur.

TOME CINQUIÈME.

Page 31 avant dernière ligne, *au lieu de*, s'il ne s'était associé, *lis.*, s'il ne s'était pas, etc.

Page 52, l. 13. *Au lieu de*, pour sa place, *lis.*, pour l'endroit.

Page 187, l. 16. *Au lieu de*, il ne voulut pas l'abandonner, *lis.*, il ne voulut pas s'abandonner.

FIN DE L'ERRATA.

www.ingramcontent.com/pod-product-compliance
Lightning Source LLC
Chambersburg PA
CBHW051524050726

47503CB00014B/1378